Anja Zimmer

Märchen für mutige Mädchen...

...und solche, die es werden wollen.

Anja Zimmer

Idstein, 16.04.11

1. Auflage 2004

Printed in Germany

Druck und Bindung:
Druckerei Lokay, Darmstadt
www.lokay24.de

FSC
Mix
Produktgruppe aus vorbildlich bewirtschafteten
Wäldern und anderen kontrollierten Herkünften
www.fsc.org Zert.-Nr. IMO-COC-026041
© 1996 Forest Stewardship Council

WWW.FRAUENZIMMER-VERLAG.DE

ISBN 978-3-937013-03-9

Für Franka und Kyra

Inhalt

Der Name der Fee

Es waren einmal ein König und eine Königin, die lebten in einem kristallenen Palast. Sie hatten große Gärten, in denen es nach Blüten duftete, Diener brachten auf ihren Befehl was immer sie verlangten, und doch waren die beiden sehr, sehr unglücklich. Denn sie waren und blieben nur zu zweit. Die gelehrtesten Männer und Frauen wurden befragt, doch niemand konnte ihnen sagen, warum ihre Ehe ohne Kindersegen blieb.

Eines Tages erschien der Königin im Traum ihres Mittagsschlafes ein alter Mann mit einem langen weißen Bart, der ihr prophezeite, sie würde noch vor Ablauf des Jahres eine Tochter zur Welt bringen. Wie sich die Königin da freute, kann niemand sagen. Aber dann sagte der alte Mann der Königin, dass die Tochter, wenn sie heranwüchse, ihre Eltern verließe und auf immer verloren sei. Die Königin rang die Hände und fragte den alten Mann, wie sie denn diesen Fluch von ihrer Tochter abwenden könne, denn sie konnte sich gar nicht vorstellen, ihre Tochter einmal herzugeben. Der alte Mann lächelte und

reichte der Königin eine Haarnadel, an deren Ende eine große, schimmernde Perle saß.
„Sobald ihr Haar lang genug ist, steckt es ihr fest auf und ziert es mit dieser Nadel. Dann wird sie Euren Garten niemals verlassen. Hütet Euch aber vor der schwarzen Fee, deren Namen kein rechtschaffener Mensch je ausspricht. Sie wird eines Tages Eure Tochter verderben, wenn Ihr nicht aufpasst. Also seht zu, dass sie niemals in die Nähe der Prinzessin kommt. Wenn die Prinzessin den Namen der Fee erfährt, wird sie sterben."
Als die Königin erwachte, wunderte sie sich über den sonderbaren Traum. Er erschien ihr so lebendig, dass sie ganz sicher war, wirklich mit dem alten Mann gesprochen zu haben. Und als sie in ihrer Hand eine kunstvoll gefertigte Haarnadel fand, an deren Ende eine große Perle saß, da wusste sie, dass alles Wirklichkeit werden würde und rüstete ein Gemach, in dem ihre Prinzessin wohnen sollte.
Und als sich das Jahr seinem Ende zuneigte, gebar sie eine kleine Tochter. Der König und die Königin waren überglücklich. Die Prinzessin wuchs heran, lernte laufen, spielte im Palast und in den Gärten und war glücklich, obwohl die

Königin ihr täglich das Haar streng aufsteckte und mit der Haarnadel zierte, die sie von dem alten Mann bekommen hatte.

Als die Prinzessin sieben Jahre alt war, entdeckte sie ein großes Tor in der Gartenmauer, durch dessen Spalten sie einen noch viel größeren und schöneren Garten sehen konnte. Sie versuchte, das Tor zu öffnen, doch da hörte sie plötzlich eine feine Stimme, die ihr zurief: „Das kannst du nicht!"

Da zeigte sich die Wirkung der Haarnadel, denn in der Perle saß ein kleiner Kobold, der immerzu seinen Namen rief. Und sein Name war: Das kannst du nicht. Die Prinzessin zog sich erschrocken von dem Tor zurück und mied es fortan, denn sie wollte diese höhnische Stimme nicht mehr hören.

Ihre Eltern liebten sie sehr und hatten bemerkt, dass die Tochter an dem Tor gestanden und die Nadel sie zurückgehalten hatte. Sie hielten Feste ab für ihre Tochter, ließen Musiker und Gaukler kommen, um sie zu unterhalten und doch schien es ihnen, als fehle ihrem Kind etwas.

Es vergingen sieben Jahre, bis die Prinzessin wieder an dem Tor stand. Sie blickte durch die Spalten. Und der Garten, der sich nun vor ihr auftat, erschien ihr noch weitaus schöner als beim letzten Mal. Sehnsuchtsvoll legte sie ihre Hände an das kalte Holz, lehnte ihre Stirn an das Tor, um noch besser sehen zu können. Doch dann fasste sie entschlossen die Klinke an und rüttelte kräftig daran. Das machte einen großen Lärm und fast hätte sie die feine Stimme überhört, die ihr wieder zurief: „Das kannst du nicht! Das kannst du nicht!“

Sie probierte es noch einmal, aber als die Stimme immer lauter und höhnischer rief, stahl sich die Prinzessin traurig davon. Der König hatte gesehen, dass seine Tochter wieder an dem Tor gestanden hatte. Er ließ Maurer kommen, die das Tor zumauerten. „Wenn die Prinzessin die Landschaft draußen nicht mehr sieht, wird sie vergessen, dass es sie gibt und sie wird für immer hier bleiben.“

Aber er hatte die mächtige Feindin des alten Mannes nicht bedacht. Die schwarze Fee wachte über die junge Prinzessin. Doch erst nach drei mal sieben Jahren würde sie in das Leben der Prinzessin treten können.

Der König und die Königin gaben große Feste und Maskenbälle für ihre Tochter, sie setzten ihr die erlesensten Früchte aus ihrem Garten vor,

doch die Prinzessin war und blieb traurig. Immer öfter, wenn sie durch den Garten streifte, schlich sie an dem nun zugemauerten Tor vorbei, immer länger blieb sie dort, suchte einen Spalt in der Mauer, doch die Maurer hatten gut gearbeitet.
Es war der Vorabend ihres einundzwanzigsten Geburtstages. Die Nacht war mild und voller Düfte, die der Wind über die hohe Gartenmauer bis zu ihr trug. Aus dem Garten vor ihrem Fenster drang nur das Rauschen der Blätter zu ihr empor. Sie wollte eben ihr Haar lösen und kämmen. Schon hatte sie die Nadel mit der Perle aus ihrem Haar gezogen, da schaute sie in den Garten. Hatte sie dort nicht einen Schatten gesehen, wie von einem Kleid? Sie steckte die Haarnadel wieder auf, warf sich ihren Mantel über, schlüpfte in ihre Schuhe und schlich sich hinaus in den nächtlichen Garten. Wie schön es hier war, wenn nicht der Lärm der Gärtner die Luft erfüllte. Und da war es wieder, das Rascheln und Rauschen, das Schimmern, das sie eben von ihrem Fenster aus gesehen hatte. Und schon war es wieder verschwunden. War dort hinter dem Holunder nicht eine große, hoheitsvolle Gestalt verschwunden? Die Prinzessin ging ihr nach,

doch hinter dem Holunderbusch war niemand. Sie blickte sich um und sah nun deutlich eine Frau auf der Gartenmauer. Sie war in ein langes schwarzes Gewand gehüllt, das über die Mauer herab fiel. Ihre Haut war so schwarz wie der Sommernachtshimmel über ihr und ihre Augen leuchteten heller als die Sterne. Ihre ganze Gestalt strahlte Liebe und Güte aus. Die Prinzessin streckte die Arme nach ihr aus, lief auf sie zu, war schon an der Mauer und fand sich wie durch Zauberei oben auf der Mauer wieder. Wie hoch sie war! Ihr schwindelte. Konnte sie es wirklich wagen? Da wisperte eine feine Stimme in ihrem Ohr „Das kannst du nicht!" Traurig sah die Prinzessin zurück in den Garten. Nein, sie konnte wirklich nicht, und doch... Gerade als die Stimme weiterwisperte, rief plötzlich eine andere, viel schönere, mächtigere, kraftvollere Stimme: „Komm! Komm, Prinzessin!"
Da sprang die Prinzessin. Sie wusste nicht, ob sie den tiefen Sprung überleben würde, sie hatte die Augen geschlossen und wartete auf den Schmerz, wenn sie hart auf dem weit, weit unter ihr liegenden Boden auftreffen würde. Aber er blieb aus. Sie fühlte sich getragen wie von sanften aber starken Händen, die sie sicher auf der

Erde absetzten. Da stand sie nun im hellen Mondschein unter dem Glanz der Sterne. Die schwarze Fee war verschwunden, doch lockte das rauschende Gewand der Fee die junge Prinzessin immer weiter fort von der Gartenmauer und fort vom Palast ihrer Eltern. Sie lief und lief die ganze Nacht. Immer wenn sie glaubte, die Fee eingeholt zu haben, sie hinter einem Felsen oder einem Strauch vermutete, war sie doch wieder allein in der Nacht, nur das ferne Rascheln des Feenkleides trieb sie weiter. Schließlich sank die Prinzessin erschöpft unter einem Strauch nieder. Was sollte sie tun, was sollte sie beginnen? Wovon sollte sie leben? Die feine Stimme meldete sich wieder, als die Prinzessin darüber nachdachte, wie sie sich ihren Unterhalt verdienen könnte. Sie hatte nichts weiter gelernt, als eine Prinzessin zu sein. Prinzessinnen wurden in der Welt nicht gebraucht. Aber die Fee? Wenn sie sie so weit gebracht hatte, dann würde sie schon für sie sorgen. Sie würde sie nicht verlassen. Als die Prinzessin eingeschlafen war, hielt die schwarze Fee inne, wandte sich der Prinzessin zu und ließ sich schließlich an ihrer Seite nieder. Sie schaute auf das schlafende Mädchen, schaute auf den weiten Weg, den sie in dieser Nacht schon gelaufen war und strich mit ihrer Hand, die so schwarz war wie der Sommernachtshimmel, über die weiße Stirne. Sachte, ganz sachte hauchte sie das Mädchen an. Da zeigte sich ein Lächeln auf dem sonst so traurigen Gesicht der schönen Prinzessin. „Erkenne meinen Namen!" flüsterte sie ihr zu. „Erkenne meinen Namen! Meinen Namen!" Dann erhob sie sich wieder und verschwand, denn schon zeigte sich ein silberner Streif am Horizont.

Als die Sonne hoch am Himmel stand, erwachte die Prinzessin. Ihre Glieder schmerzten, denn sie war es nicht gewohnt, ohne weiche Kissen und Decken zu schlafen. Doch sie streckte sich, gähnte, rieb sich den Schlaf aus den Augen und sah sich erstaunt um. Sie hatte also nicht nur geträumt. Sie war tatsächlich aus dem Palast und dem schönen Garten entkommen und war schon so weit gelaufen, dass sie den Palast gar nicht mehr sehen konnte. Und die Fee hatte ihr gesagt, sie solle ihren Namen erkennen. Ihren Namen erkennen. Was mochte sie damit wohl gemeint haben? Die Prinzessin erhob sich und ging einfach weiter in die Richtung, von der sie glaubte, dass sie sie weiter weg führte vom Palast. Der Gedanke an ihre Eltern schmerzte sie, aber sie wusste, dass sie diesen Weg nun gehen musste. Sie ging den ganzen Tag über. Die Sonne brannte auf sie hernieder. Die Landschaft, die von ihrem sicheren Garten aus so lieblich ausgesehen hatte, war in Wirklichkeit rau. Aber obwohl die Prinzessin Durst und Hunger hatte, hatte sie noch immer Augen für die raue Schönheit dieser Landschaft. Die Weite des Landes weitete ihr das Herz und ließ sie freier atmen. Und sie vertraute darauf, dass die schöne Fee sie sicher nicht verdursten lassen würde. So wanderte die Prinzessin den ganzen Tag, bis sie am Nachmittag an eine kleine Hütte kam. Ein Mädchen saß davor und pellte emsig Erbsen in eine Schale.

„Guten Tag, Mädchen!“ sagte die Prinzessin.

„Guten Tag!“ sagte das Mädchen

„Kannst du mir bitte etwas zu Trinken und zu Essen geben?“

„Sicher. Komm mit mir. Drinnen ist alles was du brauchst.“

Das Mädchen führte die Prinzessin in ihre Hütte, hieß sie an dem groben Holztisch Platz nehmen und setzte ihr einen Krug Wasser und Haferbrei vor.

„Es ist nicht viel, was ich dir anbieten kann, aber

ich teile es gerne mit dir."
„Ich danke dir. Ich habe den ganzen Tag nichts gegessen. Es schmeckt köstlich." Und als die Prinzessin den Haferbrei gegessen und das Wasser getrunken hatte, sagte sie: „Darf ich dir eine Frage stellen?"
„Sicher, nur zu."
„Weißt du, wie die Fee heißt?"
„Welche Fee? Ich kenne keine." Da wurden die Augen der Prinzessin wieder traurig.
„Weißt du, ich muss unbedingt ihren Namen erfahren. Ich weiß nicht, wohin ich gehen soll. In der letzten Nacht ging sie vor mir her, aber ich konnte sie nie erreichen. Ich würde so gerne mit ihr sprechen."
„Ich fürchte, ich kann dir wirklich nicht weiterhelfen. Aber meine Mutter wohnt einen Tagesmarsch von hier entfernt. Morgen Abend wirst du bei ihr sein. Vielleicht kann sie dir helfen."
Die Prinzessin bedankte sich und legte sich auf der Küchenbank schlafen. Auch wenn sie in dieser Nacht wieder weiche Kissen und Decken entbehren musste, schlief sie doch tief und fest. So fest, dass sie nicht bemerkte, wie die schwarze Fee in die Stube trat, sich zu ihr auf die Bank setzte, ihr wieder einen Kuss auf die Stirn

hauchte und flüsterte: „Erkenne meinen Namen! Erkenne meinen Namen! Meinen Namen!"

Am anderen Morgen erwachte die Prinzessin. Sie war glücklich und voller Hoffnung, bald an ihr Ziel zu kommen. Heute Abend würde sie die Mutter dieses Mädchens sprechen. Vielleicht konnte sie ihr weiterhelfen.

Das Mädchen wollte ihr Wasser und Brei mit auf den Weg geben, aber die Prinzessin wollte ihr das wenige was sie hatte, nicht wegnehmen. Sie bedankte sich von ganzem Herzen und lief los in die Richtung, die das Mädchen ihr anzeigte. Auch wenn sie die Fee nicht mehr sah, nicht einmal den Zipfel ihres Gewandes, so fühlte sie sich doch von ihr geführt und geleitet.

Wieder wollte der Kobold in der Perle wispern und ihr allen Mut rauben, aber die Fee ließ einen mächtigen Wind kommen, der in den Ohren der Prinzessin sauste und die feine Stimme überhörte. Denn sonst hätte sie den Weg durch das wilde raue Land niemals geschafft. Die Pflanzen hier waren nicht so lieblich wie in dem Garten ihrer Eltern. Es gab viele Dornen, an denen sie sich stach, Nesseln, an denen sie sich verbrannte und Ranken, die an ihrem Kleid rissen. Doch dufteten ihre Blüten viel süßer.

Gegen Nachmittag hoffte sie schon auf die Hütte der Mutter, aber immer wieder musste sie über einen weiteren Hügel und noch einen Hügel steigen, bis sie schließlich gegen Abend eine Hütte sah. Rauch stieg aus dem Schornstein auf. Die Frau saß vor ihrer Hütte und kernte Kirschen.

„Guten Abend, Frau!“

„Guten Abend.“

„Kannst du mir bitte etwas zu Trinken und zu Essen geben?“

„Sicher, komm mit. Drinnen ist alles, was du brauchst.“

Die Frau hieß die Prinzessin am groben Holztisch Platz nehmen und trug ihr Milch und Hirsebrei auf. Auch die Schüssel mit den Kirschen stellte sie dazu. Nachdem sich die Prinzessin satt gegessen und bedankt hatte, begann sie: „Deine Tochter schickt mich. Sie sagt, du wüsstest vielleicht etwas über die Fee. Ich muss unbedingt ihren Namen erfahren. Weißt du, wo ich sie finden kann. Ich würde so gerne mit ihr sprechen.“

„Ich selbst kenne die Fee nicht. Aber meine Mutter erzählte mir früher oft von einer Fee. Sie ist wunderschön. Ihre Haut ist so schwarz wie...“

„...wie der Sommernachtshimmel?“

„Ja, und ihre Augen leuchten wie die Sterne."
„Das ist sie, das muss sie sein. Ich danke dir, Frau."
Überglücklich schlief die Prinzessin an diesem Abend ein. Wieder schlief sie auf der Küchenbank so fest, dass sie nicht bemerkte, wie auch in dieser Nacht die Fee in die Stube trat, sich zu ihr auf die Küchenbank setzte und ihr einen Kuss auf die Stirn hauchte und flüsterte: „Erkenne meinen Namen! Erkenne meinen Namen! Meinen Namen!"
Am anderen Morgen verabschiedete sich die Prinzessin von der Frau und zog los in die Richtung, die sie ihr angezeigt hatte. Zum ersten Mal in ihrem Leben begann sie zu singen. Leise nur, aber da hörte sie die Stimme des Kobolds: „Das kannst du nicht! Das kannst du nicht!" Da schwieg die Prinzessin wieder. Ihre Fröhlichkeit war mit einemmal wie fort geblasen. Würde sie jemals das Ziel erreichen? Die Mutter der Frau – musste sie nicht furchtbar alt sein? Wahrscheinlich würde sie gar nicht verstehen, was sie von ihr wollte. Wenn sie jetzt umkehrte, könnte sie in weniger als drei Tagen bei ihren Eltern sein. Wäre das nicht viel besser? Noch bevor sie sich umwenden konnte, um über ihre Schulter zu

blicken, sah sie wieder die hohe Gestalt der schönen Fee auf dem Hügel. Sie hatte ihre Arme ausgebreitet, als wolle sie sie endlich umfangen und an ihr Herz drücken. Und ihre erhobenen Arme ließen wieder einen Wind aufkommen, der der Prinzessin in den Ohren sauste, so dass sie die Stimme des Kobolds nicht hören konnte.
Da begann die Prinzessin wieder Mut zu fassen. Sie schritt wieder tapfer aus, hob ihren Blick zum Horizont, spannte ihre Schultern und fing an zu singen. Sie sang so laut, dass sie die Stimme des Kobolds längst übertönte und sogar den Wind.
So ging sie weiter bis zum Nachmittag. Sie hielt Ausschau nach einer Hütte, aber auch nicht hinter dem entferntesten Hügel wollte sich eine Rauchsäule zeigen. Sie ging weiter bis zum Abend. Aber noch immer war keine Hütte in Sicht. Sie ging weiter bis es dunkel wurde. Kein erleuchtetes Fenster wies ihr den Weg. Aber sie schritt tapfer weiter und sang was sie ihr nur einfiel.
Schließlich – es ging sicher schon auf Mitternacht – sah sie in einem geschützten Tal eine kleine Hütte. Das musste sie sein, denn davor saß eine alte Frau auf einer Bank, hatte die Beine

auf einen kleinen Schemel gelegt und sah hinauf in den Sternenhimmel.
„Gute Nacht, Großmutter!"
„Gute Nacht!"
„Kannst du mir bitte etwas zu Trinken und zu Essen geben?"
„Sicher, komm mit, drinnen ist alles was du brauchst."
Die Alte führte die Prinzessin in ihre Hütte, hieß sie an dem groben Holztisch Platz nehmen und trug ihr Wein und Brot auf.
Nachdem sich die Prinzessin gestärkt und bedankt hatte, begann sie: „Ich suche die Fee. Kannst du mir sagen, wo ich sie finden kann? Ich muss unbedingt ihren Namen erfahren. Ich war schon bei deiner Tochter und bei der Tochter deiner Tochter, aber keine konnte mir genau sagen, wo ich die Fee finden kann. Kannst du mir vielleicht helfen?"
Die Alte lächelte ein wenig, schaute kurz aus dem Fenster, sah die Prinzessin dann gerade an und erwiderte: „Sicher weiß ich, wo die schwarze Fee zu finden ist. Es ist aber gefährlich und dauert sehr lange, bis du bei ihr bist. Bist du bereit, Gefahr und Mühen, Entbehrungen und vielleicht sogar Kampf auf dich zu nehmen?"

In diesem Moment schlug die Wanduhr die zwölfte Stunde. So laut, dass die Prinzessin den Kobold nicht hörte.
„Ich bin bereit!" sagte die Prinzessin.
In dieser Nacht schlief die Prinzessin wieder auf der Küchenbank so tief und fest, dass sie nicht bemerkte, wie die Fee die Stube betrat, sich zu ihr auf die Bank setzte, ihr einen Kuss auf die Stirn hauchte und dabei flüsterte: „Du wirst meinen Namen erkennen. Du gutes, tapferes Mädchen. Ich werde dich begleiten und beschützen. Fürchte dich nicht!"
Und als ob die Prinzessin die Worte genau gehört und verstanden hätte, erwachte sie am nächsten Morgen und war so zuversichtlich und voller Hoffnung, dass sie sang.
Die Alte summte ein leises Liedchen mit, während sie für sich und die Prinzessin das Frühstück bereitete. Als sich die beiden gestärkt hatten, führte die Alte die Prinzessin vor die Tür, gab ihr einen Wanderstab und einen Rucksack, aus dem sie immer genau das hervorholen würde, was sie gerade am nötigsten brauchte.
„Du wirst durch sieben Wälder gehen, durch sieben Wüsten. Du wirst über sieben Meere segeln und durch sieben Himmel fliegen. Wenn

dir das alles gelungen ist..." Hier wurde die Alte von der Stimme des Kobolds übertönt, der laut schrie: „Das kannst du nicht, das kannst du nicht!"

„Und der Kobold schweigt jetzt!" brüllte die Alte mit einer Donnerstimme, die der Prinzessin die Haare aus dem Gesicht blies. Die Prinzessin hörte ein beleidigtes Grummeln, dann fuhr die Alte fort: „... wenn dir das alles gelungen ist, dann wirst du die schwarze Fee sehen und mit ihr sprechen. Spätestens dann wirst du ihren Namen erkennen. Nun geh! Fürchte dich nicht. Gehe aufrecht und blicke gerade aus. Dann wirst du dein Ziel nicht verfehlen."

Die Prinzessin bedankte sich, warf sich den Rucksack über die Schultern und nahm den Wanderstab fest in die Hand. Die Alte winkte ihr noch einmal zu, als sie auf dem nächsten Hügel stand, dann war die Prinzessin verschwunden.

Am Abend dieses Tages war die Prinzessin am Rande des ersten Waldes angelangt. Sie ging hinein und ging so lange, bis sie nicht mehr weiter konnte vor lauter Müdigkeit. Da legte sie sich ins raschelnde Laub und schlief ein. Die schwarze Fee wachte über sie, so dass sie am nächsten

Morgen wieder fröhlich die Augen aufschlug. Weiter ging sie durch den zweiten und dritten Wald, Tag und Nacht beschützt von der Fee. Als sie im vierten Wald ankam, hatten die Dornen des Unterholzes kaum noch etwas von ihrem prächtigen Prinzessinnenkleid übrig gelassen. Sie schaute in den Rucksack, was sich darin wohl fände. Und richtig, sie zog ein Kleid aus warmer weicher Wolle hervor. Glücklich streifte sie es über und ging weiter.
Im fünften Wald entdeckte sie die süßen Beeren, die überall in den Büschen hingen und tat sich an ihnen gütlich. Sie genoss den Duft des Waldes, die Strahlen der Sonne, die durch das Blätterdach fielen und auf dem Waldboden spielten.
Im sechsten Wald plötzlich hörte sie seltsame Stimmen. Tiefe, raue, beängstigende Stimmen, vor denen sie sich versteckte. Daran tat sie gut, denn kaum hatte sie sich in einen hohlen Baum verkrochen, da sah sie auch schon eine Räuberbande vorüberziehen. Wilde Gestalten, bewaffnet, in schmutzigen, zerlumpten Kleidern. Der Prinzessin schlug das Herz bis zum Hals. Sie drückte sich ganz tief in den hohlen Stamm und wagte kaum zu atmen, bis die Stimmen und Schritte der Männer verklungen waren.

Es war ohnehin Abend und so blieb sie in dem Stamm, wo sie bis zum Morgen ruhig und sicher schlief.

Nun endlich lag der siebte und letzte Wald vor ihr. Fast war die Prinzessin ein wenig traurig, dass sie die Wälder verlassen würde, denn sie hatte sich dort wohl und geborgen gefühlt. Auch dieser Wald lag schließlich hinter ihr und sie stand am Rande der ersten Wüste. Sie schaute etwas sehnsüchtig zurück zum kühlen, schattigen Wald, wo die süßen Beeren wuchsen, aber das war nun vorbei. Ihr Weg führte sie nach vorn, und dort lagen die sieben Wüsten.

Die Sonne brannte unerbittlich den ganzen Tag über. Kein Schatten, kein Baum, kein Strauch war zu sehen, nur brennende Hitze, glühender Sand, flirrende Luft. Die Prinzessin hatte Durst. Im Rucksack fand sie einen Krug mit frischem Wasser, dazu Obst und Brot. Sie stärkte sich mit den Gaben der Alten und lief tapfer weiter. Der Kobold war noch immer beleidigt und grummelte nur leise vor sich hin. Es genügte das Geräusch der Schritte im Sand, um ihn zu übertönen. So durchquerte die Prinzessin die erste Wüste. Als es Abend und schließlich Nacht wurde, legte sie sich hin. Das wollene Kleid tat ihr nun gute Dienste, denn so heiß es auch in der Wüste am Tag war, so bitterkalt war es in der Nacht. Aber niemals zuvor hatte sie ein so prächtiges Sternenzelt über sich gesehen. Da wusste sie, dass die Fee über sic wachte. So schlief sie zufrieden bis zum anderen Morgen. Sie durchquerte die zweite und dritte Wüste. In der vierten Wüste musste sie sich gegen Sandstürme stellen, in der fünften war es so unglaublich heiß, dass sie kaum noch atmen konnte. In der sechsten Wüste sah sie von weitem eine Karawane friedlich vorüberziehen. In der siebten schließlich roch sie schon von weitem das erste Meer.

Die Prinzessin heuerte auf einem Segelschiff an, das im Hafen vor Anker lag und auf ging es über das erste Meer. Der Kobold hatte sich so weit erholt und wollte wieder seine freche Stimme erheben, aber der Wind, der die Segel blähte, die Lieder der Mannschaft, das Trampeln der nackten Füße auf den Holzplanken, das alles übertönte den Kobold.

Die Prinzessin lernte, wie man Segel setzte, sie lernte vom Steuermann die Sternbilder und die Ankündigungen der Stürme kennen. In den Häfen warf sie mit der Mannschaft den Anker, kaufte mit dem Koch ein, was für die Mannschaft notwendig war, dann lichteten sie wieder die Anker und segelten weiter. Abends, wenn die Brise das Schiff sanft schaukelte, hörte die Prinzessin zu, wie die Matrosen Geschichten von wilden Stürmen, von Seeungeheuern und Gespenstern erzählten. Und manchmal glaubte sie, in den Wogen, in den gischtgekrönten Wellen, die Tentakel oder die Augen eines Ungeheuers zu sehen, Augen so groß wie Mühlräder, wie der Steuermann versichert hatte.

So hatten sie schon beinahe fünf Meere durchsegelt. Da sah die Prinzessin, wie sich das Gesicht des Steuermanns verfinsterte. Sie musste nicht erst zum Himmel schauen, um zu wissen, was das zu bedeuten hatte: Ein Sturm zog auf. Blitzschnell befahl der Kapitän die Mannschaft in die Wanten. Die Prinzessin zog mit den Matrosen die Segel ein und sicherte auf Deck alles, was lose war. Dann schlossen sie sich alle unter Deck ein und warteten auf den Sturm. Er kam mit Macht. Er warf das Schiff hin und her, es ächzte und stöhnte in den Balken als wolle es in der Mitte entzwei brechen. Aber es hielt. Sie hörten nur, wie die Wellen über Deck schlugen, wie der Sturm an den verschnürten Segeln und Tauen

riss und hofften, dass sie ihre Arbeit gut genug getan hatten. Langsam verebbte das Tosen. Es wurde leiser und schließlich ganz still. Der Kapitän wagte sich zuerst an Deck. Er sah, was der Sturm angerichtet hatte. Der Sturm hatte die Taue gelöst und die Verschnürungen der Segel. Sie hingen nur noch in Fetzen herab. Aber sie hätten ohnehin nichts genutzt, denn nicht das leiseste Lüftchen wehte mehr. Sie machten sich alle an die Arbeit, holten die Segel herab und begannen, sie zu flicken. Dann hängten sie sie wieder auf und warteten auf Wind. Sie warteten lange. Vergeblich. Nicht der leiseste Hauch war zu spüren. Ihre Vorräte gingen zur Neige. Wasser und Essen mussten streng rationiert werden, aber auch das war bald aufgebraucht. Die ganze Mannschaft döste in der brennenden Sonne ihrem ungewissen Schicksal entgegen. Nichts war zu hören, außer dem Schnarchen mancher Matrosen, die trotz ihres Hungers für eine Weile eingenickt waren.
Da meldete sich der Kobold wieder zu Wort: „Hab ich es nicht schon immer gesagt? Du kannst das nicht. Wärst du doch im Garten deiner Eltern geblieben. Aber du musstest ja unbedingt über die Mauer schauen. Jetzt sitzen wir

hier und sind am Verhungern und Verdursten. Und noch dazu in so feiner Gesellschaft. Schau dich doch um! Selbst die Gärtner deiner Eltern sehen im Vergleich zu diesen Kerlen wie Edelleute aus. Was du anfängst, das muss schief gehen. Du kannst das nicht. Das habe ich schon immer gesagt. Aber auf mich hört ja keiner..."
Für einen Moment wollte der Mut der Prinzessin sinken. Hatte der Kobold nicht recht? Nun saß sie hier. Sie würde sicher sterben, ohne die schwarze Fee gesehen zu haben. Aber dann dachte sie an die Alte. Sie dachte auch daran, dass sie immerhin schon den ganzen Weg bis zu der Alten geschafft und sieben Wälder und sieben Wüsten durchquert hatte, dazu beinahe fünf Meere durchsegelt.
„Stimmt eigentlich", gab ihm die Prinzessin recht. „Auf dich hört keiner. Du kannst getrost schweigen."
Da wollte der Kobold ärgerlich werden und schreien, was sein dürrer Hals nur hergab. Aber die Prinzessin holte den Rucksack, den sie von der Alten bekommen hatte, machte ihn auf und holte Krüge mit frischem Quellwasser und Brot hervor. Da tat sich die Mannschaft gütlich. Als sie alle satt und zufrieden waren, kam wieder

Wind auf. So verließen sie das fünfte Meer und segelten zum sechsten. Dort sahen sie von weitem ein anderes Schiff auf sich zukommen. Sie dachten zunächst, es sei ein Landsmann, doch dann, als sie näher kamen, hissten die anderen Matrosen plötzlich die schwarze Flagge mit dem Totenkopf. Piraten! Der Kapitän gab kurze Befehle, alle Mann auf Gefechtsstation! Die Piraten schossen mit Kanonen, Wasser drang ins Schiff. Die Prinzessin kämpfte tapfer mit den Matrosen, als die Piraten das Schiff enterten. Schließlich schlugen sie die Piraten in die Flucht. Der Schiffsschreiner besserte die Löcher aus, dann schöpften sie alle gemeinsam das Wasser aus dem Schiffsbauch. An diesem Abend fielen sie alle müde in die Kojen. Aber am nächsten Abend holte die Prinzessin wieder ihren Rucksack. Und da sie feiern wollten, holte sie den besten Wein und die köstlichsten Speisen daraus hervor. Die ganze Nacht sangen und tanzten sie, aßen und tranken, erzählten Geschichten und ließen es sich gut gehen. So kamen sie zum siebten Meer, an dessen Ende sich die Prinzessin verabschieden musste. Sie gab dem Kapitän den Rucksack und sagte: „Ich will jetzt durch die sieben Himmel fliegen, da wird mir der Rucksack

zu schwer."
„Ich danke dir und wünsche dir alles Gute."
Sie winkte den Matrosen noch nach, bis ihr Schiff nur noch ganz klein am Horizont zu sehen war.
„Ich will zur schwarzen Fee", sagte die Prinzessin zu sich selbst. „Ich will durch die sieben Himmel fliegen, damit ich endlich ihren Namen erfahren kann."
Da erhob sie sich schon in die Lüfte. Sie durchflog den ersten Himmel. Wie hoch sie war! Tief unter sich sah sie das blaue Meer. Wie ein kleines Spielzeug sah sie das Schiff, auf dem sie die sieben Meere durchsegelt hatte. Sie flog weiter durch den zweiten und dritten Himmel. Nachts stieß sie beinahe an die Sterne an. Sie bettete sich auf Wolken und schlief sanft gewiegt vom Wind bis die Sonne sie weckte.
Dann flog sie weiter. Sie sah von hoch oben die sieben Wüsten, die sieben Wälder und schließlich auch die winzigen Hütten der Alten, der Mutter und der Tochter. Im fünften Himmel kam ein so heftiges Gewitter auf, dass die Prinzessin umkehren wollte. Blitze zuckten dicht an ihr vorbei, der Donner grollte so laut, dass die Prinzessin es in der Magengrube fühlte. Der

Sturm packte sie, schleuderte sie hin und her, sie verlor völlig die Orientierung. Der Sturm riss an ihrem Kleid und ihrem Haar als wolle er ihr jedes einzeln ausreißen. Da löste sich endlich ihr Haarknoten, der Sturm riss die Haarnadel an sich; und als habe er nur die Nadel mit der Perle gewollt, zog er sich zurück und die Prinzessin flog wider durch lichtumflutete Wolkenberge.
Sie sagte sich immer wieder: „Ich will die schwarze Fee sehen. Ich will sie sprechen. Ich will ihren Namen erfahren!"
Als sie im sechsten Himmel war, sah sie unter sich den Garten und den Palast ihrer Eltern.
Im siebten Himmel endlich hörte sie sanftes Klingen und Singen, ein Rauschen und Rascheln wie von einem festlichen Gewand, ein Lachen so fröhlich, dass sich die Prinzessin willkommen fühlte. Und richtig. Am Ende des siebten Himmels stand die schwarze Fee mit ausgebreiteten Armen. Es war Abend. Goldene Strahlen schossen vom Horizont durch die Wolken und ließen die Sternenaugen der Fee aufblitzen. Ihre Haut, so schwarz wie der Sommernachtshimmel, ließ eine milde Nacht ahnen, voll von Düften und Liedern.
„Da bist du endlich!" rief sie freudig und strahl-

te die Prinzessin an.
„Ja, da bin ich", sagte die Prinzessin noch etwas außer Atem. „Sagst du mir deinen Namen?"
„Nein!" antwortete da die Fee.
Die Prinzessin schaute sie enttäuscht und auch etwas erschrocken an.
„Den muss ich dir nicht sagen. Du kennst ihn schon", fuhr die Fee mit einem Lächeln fort. Die Prinzessin schaute die Fee zweifelnd an.
„Doch, doch. Das ist schon richtig, was ich dir sage. Du kennst meinen Namen. Du hast ihn bei dem Kapitän gesagt. Und du hast ihn im Hafen gesagt, kurz bevor du losgeflogen bist. Erinnere dich, was du gesagt hast."
Die Prinzessin dachte nach. Was hatte sie zu dem Kapitän gesagt? Wie waren ihre Worte im Hafen gewesen?
„Ich bin mir nicht sicher", sagte die Prinzessin. Aber als die Fee ihr aufmunternd zunickte, atmete die Prinzessin erleichtert auf.
„Nur zu, Prinzessin. Wie ist mein Name?"
„Dein Name ist: Ich will!"
„Ja, das ist richtig. Du hast meinen Namen ausgesprochen. Aber du musst ihn auch erkennen!"
Da dachte die Prinzessin für einen Moment nach. Ihre Lippen bewegten sich lautlos. Sie sah

auf zu der wunderschönen Fee. Da ging ein Strahlen über das Gesicht der Prinzessin, wie man es noch nie zuvor gesehen hatte. Ihre ganze Gestalt schien plötzlich verändert, voll Würde, Kraft und Stärke. Sie lachte. Sie lachte glücklich und befreit. Tränen liefen über ihre Wangen, so glücklich war sie. Und auch die Fee lachte. Sie breitete ihre Arme aus für die Prinzessin, die ihren Namen erkannt hatte.

Die Tasse, der Teller und der Aktenschrank im Keller

Es war einmal ein Mädchen, das wollte in die weite Welt hinausziehen, um dort sein Glück zu suchen. Ihr Name war Lilya. Sie nahm Abschied von Eltern und Geschwistern und zog los. Lilya wanderte und wanderte, kam in vertraute Dörfer und Städte, wanderte weiter, kam in Gegenden, die sie noch flüchtig kannte und schließlich wanderte sie so weit, dass alles neu und fremdartig war. Die Menschen trugen andere Trachten, sprachen anders, die Häuser sahen anders aus und die Landschaft war wild und schön. Lilya war also ausgezogen, um ihr Glück zu suchen, aber sie wusste gar nicht recht, wie denn ihr Glück aussehen könnte. Darüber grübelte sie nach, wenn sie wanderte, durch Städte schlenderte oder an einem Bach ihr Brot aß. Aber schließlich vertraute sie darauf, dass sie ihr Glück schon erkennen würde, wenn es ihr über den Weg laufen sollte.

Nach einem Jahr Wanderschaft kam Lilya an die Grenze eines Landes, in dem alles so ganz anders aussah, als sie es von zu Hause gewohnt war. Selbst in den angrenzenden Ländern, wo die Menschen so seltsam sprachen, dass Lilya sie kaum verstehen konnte und die Leute Hüte trugen, die mit echtem Obst beladen waren, hatte alles noch vertraut gewirkt im Vergleich zu dem, was sich jetzt vor ihren Augen ausbreitete. Alles war schnurgerade, gestutzt, poliert, nummeriert, frisch gewaschen und gebügelt. Und es war keineswegs ein Wohnzimmer, in dem sie stand, sondern eine Landschaft.

Es waren die Straßen und Bäche, die so schnurgerade durchs Land gingen, es waren die Wiesen, die so gestutzt waren, dass nicht eine einzige Blume zu sehen war, die Kieselsteine auf den Wegen waren poliert und nummeriert, und die viereckigen Blätter an den dünnen Bäumen waren frisch gewaschen und gebügelt. So sah es zumindest aus. Aber wer ist schon so verdreht im Kopf, dass er Blätter bügelt? Lilya erwartete nicht, in diesem seltsamen Land ihr Glück zu finden, aber ihre Neugierde war geweckt. Sie lief weiter auf den geraden Wegen, geradewegs auf eine Stadt zu. Die Stadt unterschied sich grundsätzlich von allen Städten, die sie bisher durchwandert hatte: Die Häuser sahen alle genau gleich aus, nämlich wie Würfel. Sie hatten keine spitzen Dächer mit farbigen Ziegeln, es gab keine Vorgärten mit Blumen, nur einen geraden, sauber gefegten Gehweg, der nur zu weiteren Häusern führte, deren Fenster blicklos auf Lilya starrten. Die Menschen, die ihr begegneten, waren in alle Grauschattierungen gekleidet. Sie hasteten die Straßen entlang. Niemand hatte Zeit für ein Schwätzchen, alle waren allein in ihrer Eile. Lilya hatte Hunger. Das Brot, das sie sich im Nachbarland gekauft hatte, war aufgegessen. Sie hatte noch etwas Geld in der Tasche. Damit ging sie in einen Laden. Dieser Laden hatte eine neue Überraschung für sie parat: Die Lebensmittel waren nicht nur alle viereckig, sie rochen auch überhaupt nicht. Weder das Brot, noch das Obst, das Gemüse, nicht einmal der Käse roch. Aber weil Lilya solchen Hunger hatte und es nichts anderes gab, nahm sie ein Brot und wollte es bei der Händlerin bezahlen, aber die wollte ihr Geld nicht nehmen.

„Mit diesem Geld kannst du dir hier nichts kaufen."

„Was soll ich denn tun? Ich habe Hunger und ich kann jetzt nicht zurück in das Land aus dem ich gekommen bin."

„Dann will ich mal nicht so unfreundlich sein. Gib mir dein restliches Geld und du kannst das Brot haben. Du solltest dir Arbeit suchen, damit du dich hier ernähren kannst“, sagte die Händlerin. Das erschien auch Lilya sinnvoll.
Lilya ging zu dem Haus, das die Frau ihr bezeichnet hatte und wo angeblich alle Leute Arbeit fanden. Dort gab es so viel Arbeit, dass man froh über jede neue Kraft war. Lilya musste lange suchen, bis sie zu diesem Haus kam, denn es sah genau so aus wie alle anderen Häuser. Aber schließlich hatte sie das Haus gefunden und stellte sich in der Schlange an. Man musste nicht lange warten, um einen Arbeitsplatz zugewiesen zu bekommen. Endlich kam Lilya an die Reihe. Sie stand nun vor einem Pult, hinter dem eine Stimme hervorkrächzte:
„Name?“
„Lilya“, sagte Lilya
„Qualifikationen?“
„Wie bitte?“
Ein Räuspern kam hinter dem Pult hervor, gefolgt von einem Paar stechend grauer Augen, die Lilya misstrauisch musterten. „Was du kannst, will ich wissen!“
„Ich kann Lesen und Schreiben. Ich kann Singen

und Tanzen, ich kann auch gut Geschichten erzählen und..."
„Um Himmels Willen," murmelte es hinter dem Pult. „Das hat uns noch gefehlt. Wir brauchen nur Leute, die Lesen und Schreiben können. Das andere lässt du besser bleiben! Unterschreib hier! Dann werden wir dich einteilen."
Lilya unterschrieb das Blatt, bekam einen Durchschlag und folgte all den anderen Leuten, die auch einen Durchschlag hatten. Sie wurden alle in einen großen Raum mit vielen Schreibtischen geführt. Lilya nahm wie alle anderen an einem der Schreibtische Platz. Vor ihr lag nun ein großer Stoß mit weißen Blättern, auf denen fein säuberlich die Namen von Blumen, Bäumen und Tieren geschrieben standen. Sehr ordentlich waren all diese Dinge mit Büroklammern an die Blätter geheftet. Manche der Blumen schienen noch einen leisen Duft zu verströmen. Einige Tiere schienen zu blinzeln, doch nur so kurz, dass Lilya glaubte, sich getäuscht zu haben.
Diese Blätter galt es nun in alphabetischer Reihenfolge zu ordnen, sie mit einem Aktenzeichen zu versehen und in den bereitliegenden Ordnern abzuheften. Jedes Aktenzeichen bestand aus einer Reihe von Buchstaben, römischen Ziffern,

Zahlen und Bindestrichen. Alle waren fortlaufend, irgendwie zumindest. Lilya arbeitete den ganzen Tag. Niemand sprach ein Wort, nur dann und wann wurde nach einem Bleistiftspitzer oder neuem Papier gefragt.
Bald hatte Lilya einen Order mit Blättern gefüllt. Alles war fein säuberlich abgeheftet. „Wohin bringe ich nun diesen Ordner?“ fragte sie.
„Du bringst ihn hinunter zu dem Mann hinter dem Pult“, lautete die Antwort einer älteren Frau, die wohl schon länger hier war. Ihre Augen blickten strafend auf dieses Mädchen, das noch nicht einmal die einfachsten Dinge wusste.
Als Lilya schon mindestens ein Dutzend Ordner hinunter zu dem Mann ans Pult gebracht hatte, fragte sie: „Was tut der Mann eigentlich mit den Ordnern?“
Schlagartig wurde es totenstill im Raum. Das Rascheln der Blätter hörte auf, das leise Murmeln verstummte ganz, die Locher hörten auf zu quietschen. Alle Augen schauten auf das Mädchen, das eine so ungehörige Frage gestellt hatte.
„Was geht dich das an? Warum willst du das wissen? Du willst ihm doch nicht etwa seine Arbeit wegnehmen? Das ist Aufruhr! Verrat!“
„Nein, nein, ich wollte nur wissen, was mit den

Blättern passiert. Wollt ihr denn nicht wissen, welchen Sinn die Arbeit hat, die wir hier tun?" versuchte Lilya die Leute zu beschwichtigen, aber niemand hörte ihr zu. Alle waren schon wieder mit ihrer Arbeit beschäftigt, nicht ohne misstrauische Blicke auf das Mädchen zu werfen. Sinn! Hatte man so was schon gehört! Am Ende wollte dieses naseweise Ding auch noch seinen Verstand gebrauchen!

Lilya beschloss, der Sache auf den Grund zu gehen. Sie beobachtete genau den Stapel Ordner, der immer weiter wuchs, bis er dem Mann hinter dem Pult groß genug erschien, um in die nächste Abteilung gebracht zu werden. Dann packte er den Stapel unter seine spindeldürren Arme und schlurfte mit seiner Last über den Korridor. Lilya hatte sich hinter einer Tür verborgen und beobachtete genau, wohin der Mann ging. Er verschwand hinter einer Tür, durch die ihm Lilya folgte. Es war ein riesiger Raum, in dem ein Regal hinter dem anderen stand. Sie alle enthielten sauber und ordentlich aufgereiht die Aktenordner, wie sie Lilya selbst mit Blättern gefüllt hatte. Hier also landeten die Ordner. Welchen Sinn hatte das? Die Reihen wollten gar kein Ende nehmen. Irgendwo zwischen den vielen Hunderten, wenn nicht gar Tausenden Regalen, hörte Lilya die schlurfenden Schritte des Mannes. Sie folgte ihm vorsichtig. Ihr Blick fiel dabei auf die Rücken der Aktenordner, auf die Schildchen, die ordentlich an den Regalen angebracht waren: Blumen A – E, Bäume A – G, und weiter zu größeren Ordnern, in denen ganze Landschaften abgeheftet zu sein schienen: Hochmoore, Streuobstwiesen, Trockenrasen war da unter anderem zu lesen. Der Mann war in der hintersten Ecke des Raumes angelangt, dort, wo noch ein paar Regale frei waren. Dort hinein stellte er die Aktenordner.

„Bald ist das ganze Zeug hier. Nur noch diese wenigen Reihen, dann haben wir es geschafft. Wird auch langsam Zeit, mit diesem Dreck endlich fertig zu werden. Dann ist endlich alles sauber und wir können uns um die wichtigen Dinge hier kümmern. Alles verlottert gewesen. War Zeit, dass endlich vernünftige Menschen an die Regierung kamen."

Als er alle Ordner verstaut hatte, warf er einen Blick auf einen riesigen Schrank, der Lilya im Zwielicht gar nicht aufgefallen war. Der Mann drohte mit seiner knöchernen Faust diesem Schrank, als könne von dort jeden Moment das

Unheil über das Land hereinbrechen.
„Euch haben wir fest im Griff! Für Euch gibt es kein Entrinnen!“ und er brachte tatsächlich so etwas wie ein Lachen hervor. Lilya lief es eiskalt über den Rücken bei diesem Lachen. Dann schlurfte er davon. Lilya starrte auf den Aktenschrank, der hier am hintersten Ende des Kellers stand, groß und breit, dunkel und geheimnisvoll. Während Lilya noch stand und überlegte, ob sie das Abenteuer wagen sollte, hier zu bleiben, sich einschließen zu lassen und zu erforschen, was es mit dem Schrank auf sich hatte, oder ob sie doch lieber schnell vor dem Mann ungesehen ins Freie schlüpfen sollte, um dieses Land so schnell wie möglich zu verlassen, hörte sie plötzlich ein Wispern und Zischen.
„Das ist sie, das muss sie sein!“
„Sei still, sonst hört sie uns noch. Wir müssen dem Aufseher Bescheid geben, dass hier eine Spionin ist!“
„Wenn du das tust, rede ich nie mehr ein Wort mit dir!“
„Das würde dir auch besser anstehen. Kakerlaken können nämlich gar nicht reden.“
„Na und? Gartenzwerge etwa? Immerhin ist in meinem Kopf ein Gehirn. Was in deinem drin

ist, das ist nicht der Rede wert."
„He, Aufseh..." Das Wort brach in der Mitte ab und ging über in ein halb ersticktes Gebrummel. Da fiel die Tür zu und der Schlüssel drehte sich im Schloss.
Jetzt war die Entscheidung gefallen. Lilya wurde etwas bange. Irgendwo ganz in der Nähe stritten sich eine Kakerlake und ein Gartenzwerg. Die Kakerlake schien sie zu allem Übel auch noch zu kennen. Aber sicher verwechselte die Kakerlake sie mit jemandem. Sie kannte nämlich überhaupt keine Kakerlaken. Zumindest nicht persönlich. Vorsichtig schlich sie sich um ein Regal herum, hinter dem sie das Gebrummel und Gekeife hörte. Auf dem Boden wälzten sich der Gartenzwerg und die Kakerlake. Der kleine dicke Gartenzwerg trug grüne Hosen, eine gelbe Jacke und eine rote Zipfelmütze, die alle wie frisch lackiert glänzten. Selbst sein Gesicht schien frisch lackiert. Die Kakerlake war natürlich viel kleiner als der Gartenzwerg, aber wendig und schnell. Sie riss den Zwerg an seiner glänzenden Mütze, zog an seinem Bart und knuffte ihn in die Nase.
Da plötzlich fiel der Blick der Kakerlake auf Lilya. Die Kakerlake hörte sofort auf, den Garten-

zwerg zu malträtieren und versuchte aufzustehen, wurde aber von dem Gartenzwerg am Fühler gezogen und fiel nach hinten.
„He, hör auf! Siehst du denn nicht..."
Da sah auch der Gartenzwerg, dass ein Mädchen vor ihnen stand und amüsiert auf sie hinabschaute. Der Gartenzwerg rappelte sich auf, half sogar der Kakerlake auf die Beine, strich ihr den Staub vom Chitinpanzer und salutierte dann vor Lilya.
„Melde gehorsamst, Gartenzwerg Erwin, Modell Nr. 84B der Firma Lauermann und Söhne, abgeheftet unter Aktenzeichen G 423 Schrägstrich römisch 3." Während dieser Vorstellung des Gartenzwergs lehnte sich die Kakerlake lässig an das Regal. Sie hatte ein paar ihrer Arme verschränkt, machte eine verächtliche Kopfbewegung, schnalzte mit der Zunge und verdrehte die Augen.
Als der Zwerg fertig war, kam sie einen Schritt auf Lilya zu, streckte einen ihrer Arme aus und sagte: „Hallo, ich bin Karl. Du bist Aurelia, stimmt's?"
Das Mädchen griff vorsichtig nach dem Kakerlakenarm, schüttelte ihn ganz behutsam und erwiderte: „Nein, ich bin nicht Aurelia. Ich heiße..."

„Siehst du, was habe ich dir gesagt! Sie ist nicht Aurelia. Aurelia wird nicht kommen. Sie ist schon längst abgeheftet. Sie war eine der ersten überhaupt, die die Menschen abgeheftet haben. Nicht ohne Grund!"

„Mein Name ist Lilya. Aber was hat es denn mit Aurelia auf sich?" beeilte Lilya sich zu fragen, als Karl enttäuscht die Fühler hängen ließ.

„Aurelia ist die goldene Fee. Sie ist die Königin der Naturgeister, die Tochter der silbernen Mondhexe und des feurigen Vulkanus. Wenn Aurelia erst wieder frei ist, dann könnten wir alle wieder frei sein."

„Ihr meint, ihr seid hier alle abgeheftet und eingesperrt? Ihr könnt nicht mehr nach draußen?"

„So ist es mit den meisten", erwiderte die Kakerlake traurig. „Uns Kakerlaken können sie nichts anhaben. Wir würden sogar einen Atomkrieg überstehen, also überstehen wir auch die Abhefterei unbeschadet. Aber die anderen Tiere und Pflanzen leiden sehr darunter, in den Aktenordnern eingesperrt zu sein. Vor allem die Naturgeister."

„Ich möchte das gnädige Fräulein auf meinen Status aufmerksam machen", sagte der Zwerg mit erhobenem Zeigefinger. „Ich habe das Recht, mich hier frei zu bewegen und habe die Oberaufsicht über den Aktenraum. Die Menschen befürchteten von mir kein Unheil, wie von so vielen anderen Kreaturen." Dabei warf er einen kurzen giftigen Blick auf Karl. „Die Menschen haben mich nur sicherheitshalber abgeheftet – sehr vernünftig, diese Menschen, das muss ich sagen, auch wenn es mich in diesem Fall etwas hart ankam. Aber Ordnung muss sein, Sie verstehen das sicher. Und deshalb werde ich leider dem Herrn Aufseher Meldung machen müssen, über den Aufenthalt des gnädigen Fräuleins in diesem Raum, da dies strengstens untersagt ist."

„Aber sie wird euch doch helfen, wieder frei zu kommen!" protestierte Karl. „Stell dir doch nur vor, du könntest deine Schubkarre wieder haben und deinen Spaten. Du könntest wieder in der frischen Luft stehen." Auf dem Gesicht des Gartenzwergs erschien ein wehmütiges Lächeln. Er dachte wohl zurück an die Zeit, in der er blank poliert im Garten gestanden hatte, mit einem unternehmungslustigen Lachen im Gesicht, die Schubkarre sauber mit fleißigen Lieschen bepflanzt. Schließlich rang er sich durch zu einem:

„Aber dass ihr mir keine Unordnung macht!"

„Ja, ja, schon gut", sagte Karl und winkte lässig

mit einem seiner Fühler. „Also los jetzt! Ich habe es satt, immer nur zwischen Akten umher zu kriechen. Ich will endlich wieder Gesellschaft haben. Wir Kakerlaken sind nämlich ein sehr lustiges und geselliges Völkchen."

„Was kann ich denn tun?" fragte Lilya.

„Ich glaube, du musst nur diesen Schrank aufmachen und alle Akten herausholen. Dann sind die Naturgeister schon frei."

„Nein, nein, so geht das nicht. Die Akten bleiben im Schrank. Ihr habt versprochen, keine Unordnung zu machen", rief der Gartenzwerg.

„Ich werde ganz vorsichtig sein", versicherte Lilya. Schon hatte sie die Tür des Schrankes einen Spalt breit geöffnet. Es war nur ein winzig kleiner Spalt, aber Lilya kam ein warmer Schein entgegen, ein Licht, so überirdisch leuchtend und schön, wie sie es zuletzt in diesem hässlichen alten Schrank vermutet hätte. Dazu kam ein Wispern und Flüstern, ein Rauschen und Murmeln, das ganz aufgeregt klang und immer lauter wurde.

„Schnell, schnell hinein und die Tür wieder geschlossen!" rief Erwin.

Karl klammerte sich an Lilyas Strumpf fest, Erwin wurde von ihr an der Zipfelmütze hoch gehievt und die Tür fiel hinter ihnen zu. Lilya stand sprachlos da und schaute auf all die Aktenordner auf denen Schildchen wie Elfen, Feen, Geister, Kobolde, Quellnymphen bis Zentauren klebten. Kein Wunder, dass diese Ordner in einem schweren Schrank eingeschlossen waren, denn es schien, als könnten sie jeden Moment bersten und ihren leuchtenden Inhalt versprühen.

„Aurelia ist unter F wie Feen“, sagte Karl. „Komm schnell, ich bin ganz aufgeregt!“

Lilya setzte Karl auf ihre Schulter, und gemeinsam gingen sie an den Regalen entlang, bis sie bei F wie Feen waren. Lilya nahm den Ordner aus dem Regal, misstrauisch beobachtet von Erwin. Sie schlug ihn auf und sah vorn auf der ersten Seite eine hübsche kleine Fee in einem leuchtend blauen Gewand. Die Flügel hatte sie eng an ihren Körper gepresst. Sie sah aus wie ein Bild, aber nachdem Lilya vorsichtig die Büroklammer abgenommen hatte, mit der das Kleid der Fee an dem Blatt befestigt war, schlug diese die Augen auf, die ebenso leuchtend blau waren wie ihr Gewand. Für einen Moment lang stand die Fee auf Lilyas Hand, etwa so groß wie Lilyas Zeigefinger. Doch in einem feinen Funkenregen wuchs und wuchs die Fee und war schließlich so groß wie Lilya selbst. Während die Fee noch ganz sprachlos dastand ihre Hände und Arme betrachtete, über ihr Kleid strich und ihre Flügel ausprobierte, die tadellos funktionierten, blätterte Lilya weiter und war überrascht, wie viele verschiedene Feen es gab, wie prächtig die Gewänder waren und wie glücklich ihre Gesichter aufleuchteten, als sie sahen, dass da jemand war, der den Aktenordner aufschlug, vorsichtig blätterte und ganz behutsam die Büroklammern aus den feinen Gewändern und dem glänzenden Haar nahm. Eine Fee nach der anderen stand nun vor Lilya. Sie waren alle nicht größer als sie, und Lilya war ein Mädchen, das noch wachsen würde.

Aurelia, die Feenkönigin war nicht nur mit einer Büroklammer an dem weißen DIN A 4-Blatt befestigt, sondern aus Sicherheitsgründen hatte man sie auch noch in eine Klarsichthülle eingepackt und diese mit einem Streifen extra breitem Tesafilm versiegelt. Karl hüpfte aufgeregt auf und ab, und Erwin warf ängstliche Blicke zur Tür, während Lilya den Tesafilm abriss und Aurelia aus ihrem Gefängnis befreite. Aber Aurelia blieb so klein und leblos, wie sie abgeheftet gewesen war. Karl raufte sich die Fühler. Erwin nahm sogar seine Mütze ab und vergoss Tränen, als er die Feenkönigin auf Lilyas Hand liegen sah. Sicher, Ordnung musste sein, aber nun kamen ihm zum ersten Mal Zweifel an den Taten der Menschen! Die anderen Feen umringten ihre Königin, rieben ihre Handgelenke, streichelten ihr Gesicht und waren überglücklich, als sie einen leisen Atem spürten. Aber Aurelia wuchs nicht und kam auch nicht zu sich. Als Aurelia nach drei Stunden noch immer leblos auf Lilyas Hand lag, war guter Rat teuer.

„Wir müssen ihr doch irgendwie helfen können. Wenn unsere goldene Feenkönigin erst wieder bei sich ist, dann wissen wir auch, was wir tun können, um alle hier wieder zu befreien", sagte Jelena, eine Fee mit schillernd grünen Flügeln.

„Wir müssen ihre Eltern um Rat fragen. Sie sind noch nicht abgeheftet, weil sie für die Menschen unerreichbar sind", sagte Karl. „Wir müssten zum feurigen Vulkanus und zur silbernen Mondhexe. Bis wir dort sind und wieder zurück, geht es der Königin sicher nicht besser."

„Wir müssen Wendolin fragen", sagte Jelena mit fester Stimme.

„Wendolin? Aber er ist gefährlich!" gab Rosa zu

bedenken und strich nervös über ihr Kleid aus pinkfarbenen Spinnweben.
„Aber er ist der einzige, der aus diesem Keller ausbrechen und schnell genug rennen könnte", erwiderte Jelena.
„Der Name klingt aber doch sehr nett. Wer ist denn Wendolin?" fragte Lilya. „Wendolin klingt fast wie eine Wiesenblume."
„Wendolin ist harmlos", sagte Karl. „Seine Familie hat ihn verstoßen, seit er Vegetarier ist."
„Das ist aber sehr hartherzig von seiner Familie. Wie kann man denn jemanden wegen einer solchen Kleinigkeit verstoßen?"
„Für eine Familie von Werwölfen ist das eben keine Kleinigkeit."
Lilya holte ein sauberes Taschentuch hervor, faltete es so, dass ein kleines Bett entstand und legte Aurelia vorsichtig hinein.
„Gut, also los. Dann suchen wir jetzt Wendolin. Wenn er wirklich Vegetarier ist, wie du sagst, dann kann uns ja nichts passieren, oder?" sagte Lilya und ging geradewegs auf den Ordner mit W zu. Die Feen und Erwin liefen ihr aufgeregt hinterher, wenn auch in sicherem Abstand. Karl war der einzige, der genau so entschlossen war wie Lilya selbst. Er war auf ihre Schulter geklet-

tert und fuchtelte aufgeregt mit einigen seiner Arme.

„Wendolin ist glücklicherweise der einzige Werwolf in diesem Land. Ich hab mal einen seiner Verwandten kennen gelernt. Werner hieß der und war kein bisschen Vegetarier."

Lilya nahm vorsichtig den Ordner aus dem Regal. Sie blätterten durch Wassergeister, Wiedergänger, weiße Frauen und Waldhexen, bis sie zu dem Werwolf kamen.

Lilya hatte noch nie einen Werwolf gesehen, stellte sich diese Gesellen aber doch sehr beängstigend vor. Sie war überrascht, dass die Augen des Werwolfes fast ängstlich aufleuchteten, als er sah, dass ein Mensch und eine Kakerlake ihn ansahen.

„Das ist er. Das ist Wendolin. Siehst du da steht es: Wendolin, vegetarischer Werwolf, Aktenzeichen WVW 379/IV", las Karl. Lilya befreite Wendolin von seiner Büroklammer. Für einen Moment stand er auf ihrer Hand wie ein winzig kleiner Hund, aber wie die Feen wuchs auch er in einem leuchtenden Funkenregen und stand schließlich groß und stattlich als ausgewachsener Werwolf vor ihnen.

„Ich danke Ihnen vielmals für meine Befreiung.

Wenn ich auch nicht weiß, womit ich diese Ehre verdient haben soll", sagte er mit sanfter Stimme und verneigte sich vor Lilya. Als das die Feen und Erwin sahen, wurden sie mutiger und kamen etwas näher. Doch als Wendolin sie anschaute, wichen sie wieder zurück.
„Bitte, habt keine Angst vor mir. Ihr wisst doch, dass ich Euch nichts tue", bat er die Feen, die daraufhin wieder etwas näher kamen, aber noch immer sicheren Abstand hielten.
„Wir brauchen deine Hilfe", sagte Karl.
„Wie sollte ausgerechnet ich Euch denn helfen können? Ich bin doch nur ein Werwolf und nicht einmal ein echter."
„Gerade weil du aus der Reihe fällst, kannst du uns helfen. Aurelia ist sehr schwer krank. Sie..."
Aurelia ist krank?" rief Wendolin. Das Entsetzen in seiner Stimme war nicht zu überhören. Über Karls Gesicht schlich sich ein Lächeln.
„Ja, sie ist krank. Wir wissen alle keinen Rat, aber du könntest uns zum feurigen Vulkanus und zur silbernen Mondhexe bringen, damit sie uns sagen, wie wir ihre Tochter retten können. Wir sind hier in diesem Keller eingesperrt. Du hast scharfe Zähne und Krallen und könntest ausbrechen und sie zu ihren Eltern bringen."

„Ihr meint, wir sollen sie zu ihren Eltern bringen?“ Wendolin schien etwas ängstlich bei der Vorstellung, Aurelias Vater und Mutter gegenüberzustehen. Aber er sah die Notwendigkeit ein, denn er sagte: „Dann lasst uns keine Zeit verlieren.“

Lilya nahm vorsichtig das Taschentuch, in dem Aurelia lag und schlief.

„Leg sie in das Fell in meinem Nacken. Dort liegt sie schön warm und fällt nicht runter. Und ihr anderen sitzt auf meinem Rücken.“

Karl, Lilya und Erwin saßen auf.

„Wäre es nicht besser, wenn wir noch ein paar Leute mehr wären? Ich habe noch sechs Gesellschafter, die könnte ich mitbringen. Schließlich könnte der Weg voller Gefahren sein.“

„Lass mal gut sein. Die sieben Zwerge sind jetzt nicht so gefragt. Es reicht schon, wenn du mitkommst“, sagte Karl.

„Es gibt hier sieben Zwerge?“ fragte Lilya erstaunt.

„Klar, sieben Zwerge sind es. Noch nie ein Märchenbuch gelesen? Erwin hat sogar ein Schneewittchen. Aus verwitterungsfestem Hartplastik. Darauf ist er besonders stolz“, flüsterte Karl, doch so, dass Erwin es noch hören konnte.

„Selbst ein traditionsbewusster Mann wie ich schätzt eine fortschrittliche, moderne Frau!“ erwiderte Erwin leicht beleidigt.
„Können wir jetzt los?“ fragte Wendolin ungehalten und fügte gleich hinzu: „Entschuldigt bitte, wenn ich ungehalten werde, aber es geht hier um die goldene Feenkönigin!“
„Also, los dann. Auf zum feurigen Vulkanus!“ rief Karl. Wendolin sprang aus dem Schrank und lief zur Tür, die vor kurzem hinter Lilya zugefallen war.
Beinahe wären Wendolins Passagiere hinuntergefallen, als er mit einem Prankenhieb die Kellertür öffnete, aber sie klammerten sich schnell in seinem zottigen Fell fest.
„Weißt du denn den Weg dorthin, Wendolin?“ wollte Lilya vorsichtshalber wissen, als Wendolin durch die stillen nächtlichen Straßen rannte.
„Natürlich kenne ich den Weg zu Aurelias Vater. Wir müssen etwa drei Tage in östlicher Richtung gehen. Dann kommen wir an den Fluss Styx. Wenn wir ihn überqueren und drei Tage in südlicher Richtung weitergehen, werden wir an das Glasgebirge kommen. Das müssen wir überqueren. Hinter dem Glasgebirge müssen wir wieder drei Tage lang in östlicher Richtung wei-

tergehen, um zur Eisenwüste zu kommen. Und wenn wir es geschafft haben, die Eisenwüste zu durchqueren, dann sind wir am Eingang des großen Vulkan. – Und dort müssen wir dann hinein.“ Die letzten Wort hatte er etwas ängstlich gesagt. Wendolin lief und lief. Er rannte und rannte. Einen Tag, zwei Tage, drei Tage, dann waren sie am Fluss Styx. Es war ein unglaublich breiter Fluss, wie ihn Lilya auf all ihren Wanderungen nicht gesehen hatte. Aber Wendolin hatte die letzten drei Tage Anlauf genommen und konnte nun mit einem gewaltigen Satz über den breiten Fluss springen. Dann bog er ab Richtung Süden. Er lief und lief. Er rannte und rannte. Einen Tag, zwei Tage, drei Tage, dann waren sie am Glasgebirge. Es war riesig, hoch und spiegelglatt. Aber Wendolin hatte die letzten sechs Tage Anlauf genommen und konnte nun mit einem gewaltigen Satz über das Glasgebirge springen. Er bog wieder ab in östliche Richtung zur Eisenwüste. Wendolin lief und lief. Er rannte und rannte. Einen Tag, zwei Tage, drei Tage, dann waren sie an der Eisenwüste. Wendolin hatte nicht erwähnt, dass es eine Wüste aus flüssigem, glühenden Eisen war. Es war schrecklich heiß. Sie hatten alle Durst. Aber noch waren sie nicht an ihrem Ziel angelangt. Wendolin hatte die vergangenen neun Tage Anlauf genommen und konnte nun in einem großen Bogen über die Eisenwüste springen. Aber trotzdem wurde das Fell an seinem Bauch ein klein wenig versengt. Er sprang geradewegs in die Höhle des feurigen Vulkanus hinein. Er bremste scharf mit qualmenden Pfoten. Nicht einen Augenblick zu früh, denn schon stieß seine Nasenspitze an den Dreizack eines kleinen Vulkangeistes, der Besuch offenbar gar nicht schätzte. Und nun wimmelte es von diesen kleinen Geistern, die allesamt in Flammen zu stehen schienen. Lilya und Erwin klammerten sich ängstlich in Wendolins Fell fest. Lilya zog ihre Füße so weit es ging nach oben, aber die kleinen Feuergeister erreichten sie dennoch mit ihren Speeren. Es war so unerträglich heiß in dieser Höhle, dass Lilya Angst hatte, zu verbrennen. Wendolins Fell roch auch schon verdächtig angesengt. Die Farbe auf Erwins Zipfelmütze begann zu schmelzen. Lilya hatte wirklich Mitleid mit ihm, als sie in sein verzweifeltes Gesicht schaute. Nur Karl schien die Hitze gar nicht zu beeindrucken.

Die Feuergeister schrieen und lachten, piekten Wendolin mit ihren Speeren und wollten ihn wieder hinausdrängen. Wendolin hätte sich das auch fast gefallen lassen, denn er kniff den Schwanz zwischen seine Hinterbeine und schlich vorsichtig rückwärts. Aber da krabbelte Karl zwischen Wendolins Ohren, richtete sich auf und brüllte aus Leibeskräften: „Wenn euch euer Leben lieb ist, ihr nichtswürdigen Kreaturen, dann bringt ihr uns jetzt zu eurem Herrn, dem feurigen Vulkanus! Es geht um das Leben seiner Tochter Aurelia."

Da hielten die Geister inne. Der Name Aurelias schien wie ein Zauberspruch zu wirken. Sie machten eine enge Gasse frei, durch die sich Wendolin vorsichtig wagte, immer noch gepiesackt von den Plagegeistern. Einige von ihnen verschwanden hinter einer Feuerwand, hinter der man kurz darauf ein schreckliches Gebrüll hörte.

„Wer wagt es, mich bei meiner Arbeit zu stören? Sterbliche? Ein Gartenzwerg? Und eine Kakerlake? Wieso habt ihr sie nicht gleich verbrannt? Warum muss ich mich mit solchen Kleinigkeiten abgeben?"

Da wurde die Feuerwand von einer riesigen, brennenden, wilden Hand zerrissen und der feurige Vulkanus selbst erschien. Wendolin ging

rückwärts. Karl versteckte sich hinter Wendolins flauschigen Ohren. Lilya duckte sich hinter Wendolins Kopf und Erwin hatte so viel Farbe verloren, dass er in Ohnmacht fiel.
„Ein Werwolf!“ donnerte der feurige Vulkanus, der sich nun zu seiner ganzen Größe aufrichtete. Er war höher als drei Kirchtürme, breiter als der Fluss Styx, heißer als die Eisenwüste und noch viel wütender als der wildeste Bulle. Seine roten Augen sprühten Funken, Qualm kam aus seinen Nasenlöchern. Er war so wütend, dass die großen geschwungenen Hörner auf seinem Kopf bebten.
„Was willst du erbärmlicher Wurm hier in meiner Höhle?“ schnaubte er Wendolin an und versengte dabei dessen Barthaare.
„Wir brauchen deine Hilfe, feuriger Vulkanus“, stotterte Wendolin. „Deiner Tochter Aurelia geht es sehr schlecht. Wir haben sie...“
„Aurelia geht es schlecht?“ rief der feurige Vulkanus verzweifelt. Wendolin war einigermaßen erschüttert, als er sah, wie der mächtige Vulkanus in sich zusammenfiel. In einem Augenblick war er nicht größer als ein gewöhnlicher Mensch, er leuchtete nicht mehr, sondern war nur noch von einem stumpfen Dunkelrot und

von seinen gebeugten Schultern stieg Rauch auf. Er stützte den Kopf in die riesigen Hände und weinte heiße Lavatränen. „Meine kleine Aurelia. Meine arme kleine Aurelia“, weinte er. Vor Wendolins Pfoten bildete sich bereits ein kleiner Lavasee.

„Wir haben sie hier bei uns, lieber Vulkanus. Bitte sei doch nicht so traurig. Wir sind sicher, dass du ihr helfen kannst. Deswegen sind wir hier“, sagte Wendolin und hätte beinahe eine Pfote um die Schultern des Vulkanus gelegt.

„Sieh, hier ist sie!“ sagte Wendolin. Lilya hatte Aurelia aus dem Taschentuch geholt. Sie glitt von Wendolins Rücken. Vorsichtig näherte sie sich dem Vulkanus und reichte ihm Aurelia. Beim Anblick seiner so winzigen Tochter brach der Vulkanus in erneutes Geheul aus.

„Weißt du denn gar nicht, wie wir Aurelia helfen können?“ fragte Lilya.

„Nein, ich habe keine Ahnung. Was ist denn nur mit meiner kleinen Aurelia passiert? Oh, dass ich doch besser auf sie aufgepasst hätte!“ Wendolin wurde nun wirklich ungehalten und ohne sich zu entschuldigen, sagte er: „Das hilft jetzt nichts! Wir waren neun Tage unterwegs. Wir haben neun Tage lang nichts gegessen, nichts getrunken und wir sind alle hundemüde. Wir hatten uns von dir Hilfe erhofft. Jetzt streng dich mal ein bisschen an und überlege, wie du Aurelia helfen kannst!"

„Nichts gegessen, nichts getrunken?" rief da der feurige Vulkanus und war mit einemmal wieder viel größer. „Ich glaube, ich hab's. Aurelia muss etwas essen und trinken, dann wird sie wieder gesund."

„Aber sie ist ja nicht einmal bei sich. Wir könnten ihr gar nichts geben", sagte Lilya.

„Es ist nicht irgendetwas, das ihr meiner Tochter geben müsst, sondern Brot von meinem Teller. – He, Feuergeister! Holt meinen Teller! Rasch! Sputet euch!" rief er über seine Schulter hinweg, worauf die Feuergeister hinter der Flammenwand verschwanden.

Bald darauf brachten sie einen Teller herbei, der rotgolden leuchtete.

„Hier, von diesem Teller muss Aurelia essen. Egal wo ihr auch seid, auf dem Teller wird immer wieder Feuerbrot erscheinen, das in den Öfen meines Vulkans gebacken wurde. Doch gebt es ihr noch nicht gleich, denn sie muss dazu auch aus einer Tasse trinken, die ihr von meiner Frau, der silbernen Mondhexe bekommen werdet. Nun geht. Beeilt euch, denn Aurelia muss bald essen und trinken." Lilya nahm den Teller mit Dank an sich.

„Wie kommen wir zur silbernen Mondhexe?" fragte Wendolin, dem deutlich die Erleichterung anzuhören war.

„Das ist ein weiter Weg, aber wenn ich euch meinen Sonnenwagen gebe, dann seid ihr ganz schnell dort."

Der feurige Vulkanus warf einen letzten liebevollen Blick auf die kleine Aurelia, dann befahl er den Geistern, den Sonnenwagen zu holen. Mächtige Hufschläge waren kurz drauf zu hören. Drei mal drei riesige rote Pferde preschten durch die Feuerwand und zogen einen Streitwagen hinter sich her, dessen Speichen Flammen schlugen. Schnell sprangen Wendolin, Lilya, Karl und Erwin auf, betteten Aurelia wieder sicher in Wendolins Nackenfell und im Galopp ging es voran durch das Tor hinaus, hoch über die Eisenwüste, noch höher über das Glasgebirge und noch viel höher über den Fluss Styx. Die Menschen auf der Erde wunderten sich, warum mitten in der Nacht plötzlich die Sonne aufging. Aber schon waren die Gefährten im Sonnenwagen über den Wolken, weiter ging es zu den

Sternen und schließlich hielt der Sonnenwagen an einem Tor, geformt aus zwei silberhellen Sicheln. Wendolin, Karl, Lilya und Erwin sprangen ab, bedankten sich und gingen auf das Sicheltor zu, das immer deutlicher schimmerte, je weiter sich der Sonnenwagen entfernte. Schließlich war es finstere Nacht. Nur das Sicheltor leuchtete noch. Die vier waren etwas unsicher. Was würde sie nun erwarten? Zumindest war es hier angenehm kühl. Als sie das Tor durchschritten hatten, schauten sie sich voller Staunen um: Sie waren in einem wundervollen Sternengarten. Wiesen taten sich vor ihnen auf, voll silbern glänzender Sternenblumen. Jede Blüte war ein Stern. Die Bäume hingen voller Sternblüten und silberner Äpfel, ein leuchtender Bach schlängelte sich durch die Wiese. Und über alldem wölbte sich ein Sternenhimmel, dass man nicht hätte sagen können, wo die Wiese aufhörte und der Himmel begann. Sie kamen an eine Brücke, auf der ihnen Mondelfen entgegenkamen und sie freundlich grüßten.

„Kommt mit uns! Unsere Herrin, die silberne Mondhexe, erwartet euch bereits", sagten sie. Ihre Stimmen klangen wie Glöckchen. Und als sie die spinnwebzarten Flügel bewegten, erhoben sie sich in die Luft und flogen den Freunden voran. Schließlich konnten sie von weitem den Palast der silbernen Mondhexe erkennen. Lilya hatte nie etwas Schöneres gesehen. Auf einem Wolkenhügel stand der Palast; gebaut aus Mondsicheln, Halbmonden und dem Vollmond. Wolkenschleier umwehten die hohen Türme, von denen die Wächter mit Trompeten die Ankunft der Gefährten verkündeten. In den Gärten vor dem Palast tanzten Mondelfen und Sternenfeen. Erwin warf einen fachmännischen Blick in die Gärten und wollte gerade zu einem Kommentar ansetzen, da wurde er von Karl unterbrochen: „Sei still, Erwin! Sei ganz einfach nur still!"

Das Tor des Palastes wurde ihnen aufgetan und sie traten ein in eine so unvorstellbar leuchtende Pracht, dass es ihnen den Atem verschlug. Die hohen Decken, die aussahen wie der Himmel in einer Sommernacht, wurden von schlanken Säulen aus Mondstrahlen getragen. Die Wände waren aus duftigen Wolkenschleiern gewebt, die Türen aus ineinander verflochtenen Mondsicheln. Von überall her tönte eine zauberhafte Musik, die den vieren alle Angst nahm und sie fröhlich machte. Schließlich wurden sie von den

Mondelfen gebeten, einen Augenblick zu warten, worauf die Elfen verschwanden.
„Wie geht es Aurelia? Sieht sie etwas besser aus?“ fragte Wendolin.
„Sie atmet ruhig und gleichmäßig. Nur keine Angst. Wir sind schon am Ziel. In wenigen Augenblicken wird uns die silberne Mondhexe die Tasse geben“, erwiderte Lilya.
„Ich hoffe, mein lieber Gemahl hat euch nicht allzu sehr erschreckt“, hörten sie plötzlich eine sanfte Stimme. Sie drehten sich um und standen der schönsten Frau gegenüber, die sie je gesehen hatten. Die silberne Mondhexe war groß und hoheitsvoll, anmutig und freundlich. Sie war so durchscheinend zart, dass Lilya glaubte, durch sie hindurch sehen zu können. Ihr Gewand aus Mondlicht und Sternen wehte in einer langen Schleppe hinter ihr her. Ihr Haar aus Silberfäden fiel in sanften Wellen bis zu ihren Füßen. Und ihr Gesicht war so lieblich, dass die vier sofort wussten, dass nun alles gut war und Aurelia wieder gesund würde.
„Wo ist denn meine kleine Aurelia?“
„Sie ist hier in meinem Nackenfell“, sagte Wendolin. Er stellte sich vor die silberne Mondhexe und neigte seinen Kopf, damit sie Aurelia sehen

konnte. Die silberne Mondhexe neigte sich über Aurelia. „Wo ist der Teller?“ fragte sie.
„Ich habe ihn hier“, erwiderte Lilya und hielt ihr den Teller hin. Die silberne Mondhexe ergriff den Teller, setzte ihn auf einen Tisch, wo bereits eine silberne Tasse stand. Sie legte die winzige Aurelia zwischen die Tasse und den Teller. Auf dem Teller erschien ein feurig rotes Brot, das wunderbar duftete. Da ließ die silberne Mondhexe ihre Hand über der Tasse kreisen, die sich dadurch füllte. Die Hexe benetzte ihre Fingerspitze und strich damit über Aurelias Lippen. Dann brach sie einen winzigen Krümel Brot ab und schob ihn Aurelia in den Mund. Da schlug die Feenkönigin die Augen auf, atmete tiefer; und wie alle anderen Feen wuchs schließlich auch Aurelia in einem leuchtenden Funkenregen und war beinahe so groß wie Lilya.
„Hallo, liebe Mutter! Wie lange habe ich dich nicht gesehen! Wie komme ich denn hier her? Ich muss wohl geschlafen haben. Ich hatte sehr seltsame Träume“, rief sie aus, als sie ihre Mutter umarmte.
„Geschlafen hast du, mein liebes Kind, aber ich glaube, die seltsamen Träume waren wohl Wirklichkeit. Sieh dich nur um. Dort stehen vier Ge-

fährten, denen du dein Leben zu verdanken hast. Ach wie lange hatte ich schon gehofft, dass jemand so mutig wäre, dich zu befreien!" sagte die silberne Mondhexe.
Da wandte sich Aurelia zu ihren vier Freunden um. Wie staunte sie da über die ungleichen Gefährten! Ein Werwolf, ein Mädchen, eine Kakerlake und ein Gartenzwerg! Die vier stellten sich mit Namen vor und begrüßten Aurelia herzlich. Wendolin war etwas schüchtern und auch Erwin wurde rot, als Aurelia ihm die Zwergenhand schüttelte. Selbst Karl war für einen Augenblick gebannt von Aurelias Schönheit und vergaß, Erwin zu verspotten. Und Lilya war überglücklich, dass es nun gelungen war, Aurelia wiederzuerwecken. Aurelia wusste gar nicht, wie sie ihren Freunden danken konnte und umarmte sie immer wieder.
„Noch sind wir nicht am Ziel", sagte sie, nachdem Wendolin in kurzen Zügen erzählt hatte, was mit all den Blumen, Tieren, Feen, Geistern und Nymphen geschehen war.
„Wir müssen nun zurück und die anderen alle befreien. Dann werden wir dafür sorgen, dass in diesem Land die Vernunft der Menschen wieder abgeschafft wird und die Vernunft der Feen und

Geister wieder Einzug halten kann. Also los. Ich will mein Volk nicht unnötig warten lassen."
„Nehmt die Tasse und den Teller mit euch und gebt allen Menschen, Tieren, Pflanzen, Fabelwesen daraus zu essen und zu trinken. Wer das feurige Brot gegessen und das reine Mondlicht getrunken hat, wird sich zum Guten wandeln", sagte die silberne Mondhexe. „Ihr könnt meinen Mondwagen nehmen, dann seid ihr schneller am Ziel."
Sie läutete ein silbernes Glöckchen, da erschien auch schon ein Wagen, gezogen von drei mal drei weißen Pferden. Die Räder waren so hell wie der volle Mond. Wendolin, Lilya, Karl und Erwin stiegen auf. Aurelia verabschiedete sich von ihrer Mutter, nahm die Zügel in die Hände und schon fuhren sie aus dem Palast hinaus, durch die Sternengärten, das Sicheltor und hinunter zur Erde. Es war früher Morgen, als sie dort ankamen. Sie stiegen ab, um die Pferde wieder zurück zur Mondhexe galoppieren zu lassen. In dem Land, das einmal ihre Heimat gewesen war und bald wieder ihre Heimat werden sollte, war man schon geschäftig. Sie gingen geradewegs in die Stadt hinein und dort direkt zu dem Haus, in dessen Keller der große Akten-

schrank stand. Die Menschen schrieen, als sie die fünf Gefährten sahen, aber Wendolin bahnte sich unerschrocken einen Weg durch die Menge. Da kam plötzlich der Sekretär auf sie zu. In der einen Hand hielt er einen Brieföffner, in der anderen einen Handstaubsauger. Damit wollte er auf Aurelia losgehen. Da wurde Wendolin so furchtbar wütend, dass er sich auf den Sekretär stürzte und ihn kurzerhand auffraß. Dann ging Wendolin ins Rathaus, fraß dort den Bürgermeister und den Magistrat. Danach war ihm etwas übel und er musste sich eine Weile hinlegen.

Nun drohte keine Gefahr mehr. Aurelia und ihre Freunde verspritzten das reine Mondlicht aus der Tasse und warfen Brotkrümel vom Teller des feurigen Vulkanus in die Menge, die daraufhin seltsam fröhlich wurde, wie Menschen, die nach einem langen Alptraum aufwachen und bemerken, dass das Leben schön ist.

Aurelia, Karl, Lilya und Erwin stürmten den Keller und öffneten den Aktenschrank. Sie staunten nicht schlecht, als ihnen daraus ein ganzes Heer von Feen, Elfen, Kobolden, Quellnymphen, Baumgeistern und Moorhexen entgegenkam. Die von ihnen zuvor befreiten Feen wa-

ren also nicht untätig gewesen. Gemeinsam holten sie nun die Aktenordner aus den Regalen und ruhten nicht eher, als bis alle Pflanzen, Tiere und Landschaften entheftet und auf dem Weg zu ihrer angestammten Heimat waren.
Für alle Menschen und Fabelwesen gab Aurelia ein großes Fest. Auch Wendolin hatte sich wieder erholt und saß neben Aurelia an der Festtafel. Als sie so richtig mitten im Feiern waren, fragte Aurelia: „Sag mir Lilya, was hat dich eigentlich zu uns geführt?"
„Ich bin in die Welt gezogen, um mein Glück zu suchen."
„Und – denkst du, dass du es gefunden hast?"
„Gibt es denn ein größeres Glück, als mit Freunden Abenteuer zu bestehen?"

Alisas langer Weg

In einem fernen Land lebte lange vor unserer Zeit ein König mit seiner Frau. Die beiden hatten einen Sohn, auf den sie sehr stolz waren, denn er war ein kluger junger Mann und der König wusste, dass er ihm eines Tages seinen Thron ruhigen Gewissens überlassen konnte. Der Prinz ging leidenschaftlich gern auf die Jagd. Da geschah es, dass er mitten im Wald plötzlich einen großen Hirsch sah, dem er nachritt. Seine Freunde konnten ihm nicht folgen, so dass er sich bald völlig allein in dem Wald fand. Er ließ nun ab von dem Hirsch und wollte zurück zu seinen Kameraden, aber er fand den Weg nicht mehr. Er rief ihre Namen, aber niemand antwortete ihm. Er rief die Namen der Hunde und blies in sein Horn, aber er vernahm keinen vertrauten Laut. Die Stille wurde ihm unheimlich, denn kein Windhauch regte sich in diesem Wald, kein Zweig wiegte sich im Wind, nicht einmal eine Maus raschelte im dürren Laub. Er ritt Stunden um Stunden geradeaus, wie er meinte, aber er kam immer wieder zu derselben Stelle. Da merkte er, dass er in einen Zauberwald geraten war. Unterdessen war

es Nacht geworden. Und da der Prinz sehr müde war, wickelte er sich in seine Satteldecke und schlief im Moos ein.
Doch kaum war er eingeschlafen, da brauste auf einem Feuerschweif Malefizia, die Zauberin des Waldes mit Getöse heran. Die Bäume ächzten und knarrten, der Wind heulte durch die Blätter und überall hörte man die ängstlichen Stimmen flüchtender Tiere. Die Zauberin hatte den Prinzen schon die ganze Zeit beobachtet und nun, da er schlief, brachte sie ihn auf ihre Burg. Diese Burg war ganz aus Eisen und schwebte über einem bodenlosen Abgrund. Dichter Nebel umgab sie und um ihre Zinnen flatterten zerzauste Vögel, die schauerlich krächzten, als wollten sie jeden warnen, diesem Ort näher zu kommen.
Die Freunde des Prinzen hatten natürlich nach ihm gesucht, aber bei Einbruch der Dunkelheit mussten sie unverrichteter Dinge ins Schloss zurückkehren, um dem König und der Königin zu berichten, was vorgefallen war. Die beiden waren in großer Sorge um ihren geliebten Sohn und befahlen allen, am nächsten Morgen gleich wieder in den Wald zu reiten, um den Prinzen zu suchen. So geschah es, aber am Abend mussten sie wieder heimkehren, ohne auch nur die

geringste Spur gefunden zu haben. So ging es tagaus, tagein, über drei Monate hin. Schließlich ließ der König im ganzen Land bekannt machen: Wer seinen Sohn wieder fände, der solle das halbe Königreich bekommen. Und diese Botschaft wurde bis in den letzten Winkel des Königreiches verbreitet.

In diesem letzten Winkel stand ein Bauernhof. Er war winzig. Das Häuschen war vom Wind zur Seite gedrückt und lehnte sich an die Scheune, in der duftendes Heu und Stroh zu finden waren. Daneben war der Stall, der nun leer stand, denn es war Frühling und alle Tiere waren draußen auf der Weide. Vor dem Haus, dem Stall und der Scheune war der Garten, in dem die Bäuerin Gemüse, Obst, Kräuter und Blumen anpflanzte. In der Mitte des Gartens war ein Brunnen, der tief in die Erde hinabreichte und immer frisches Wasser bereithielt.

Zu diesem Brunnen trat nun die junge Bäuerin und ließ einen Holzeimer an der Winde hinab. Sie keuchte, als sie den schweren Eimer wieder hochzog und auf den Brunnenrand wuchtete. Dann leerte sie den Eimer in die Gießkanne aus, um die Beete zu gießen. Eine bunte Katze sah ihr dabei zu und schmeichelte ihr um die Füße.

„Alisa, hast du gehört, der Prinz wird vermisst", schnurrte die Katze.
„Ja, Felizitas, ich habe es gehört. Und wer ihn findet, der bekommt das halbe Königreich."
„Und – willst du dich nicht aufmachen, ihn zu suchen?"
Alisa sah ihre Katze an und verdrehte die Augen. „Wie soll ich ihn denn finden? Außerdem wird er kaum ausgerechnet auf mich warten."
Die Katze wich geschickt dem Wasserstrahl aus und gab zu bedenken: „Aber das halbe Königreich...!"
„Wir sind hier im letzten Winkel und das reicht mir völlig. Sieh mich doch an! Man würde mich ja auslachen, wenn ich daher käme und wollte den Prinzen finden, um dann das halbe Königreich zu fordern. Nein, Felizitas, das kommt gar nicht in Frage", erklärte Alisa bestimmt.
„Aber er wird von einer bösen Zauberin gefangen gehalten. Sie hat ihn in Ketten gelegt wie einen bösen Hund und gibt ihm nichts zu essen außer Fliegenbeinen." Alisa setzte die Gießkanne ab und sah ihre Katze erstaunt an. „Woher weißt du das?"
Felizitas reckte sich, betrachtete ihre Krallen und sagte mit der ihr eigenen Unschuldsmiene: „Oh,

weißt du, wir Katzen wissen so einiges. Ich weiß zum Beispiel auch, dass es Mittel und Wege gibt, um dir die nötige Kraft zu verleihen. Wir müssen sie nur suchen. Und dann natürlich auch den Prinzen. Den müssen wir auch suchen. Wenn wir ihn gefunden haben, musst du nur noch seine Ketten zerreißen und ihn an der Hand aus der Burg führen." Erwartungsvoll sah sie Alisa an und strich sich dabei die Barthaare glatt.
„Ach ja, die Ketten zerreißen und ihn an der Hand aus der Burg führen. Wir werden nichts dergleichen tun. Ich bin viel zu klein und zu schwach, um Prinzen aus Burgen zu befreien. Kein Wort mehr darüber!" Alisa brummelte noch etwas wie ‚Ketten zerreißen!' vor sich, als sie kopfschüttelnd zum Haus ging und sich mit aller Kraft gegen die Tür stemmen musste, um sie zu öffnen. Felizitas schlüpfte schnell mit hinein, dann fiel die Tür wieder zu.
Aber der Morgen ist oft klüger als der Abend, wie das Sprichwort sagt, auch wenn Alisa der Überzeugung war, dass dies nun das Dümmste war, was sie jemals in ihrem Leben getan hatte. Denn am anderen Morgen standen die beiden sehr früh auf, Alisa packte Brote, Eier, Käse und

Äpfel ein und vergaß auch nicht, einen kleinen Krug Milch für Felizitas mitzunehmen. Dann gingen sie hinaus. Alisa öffnete das Tor der Weide und die Scheune. Etwas mulmig war ihr schon, als sie sich das Bündel über die Schulter warf und den Wanderstab in die Hand nahm. (Eigentlich war es ja die Mistgabel, die sie da in die Hand nahm, aber nachdem sie die Zinken abgebrochen hatte, machte die sich als Wanderstab recht gut.) Und so zogen sie los, aus dem letzten Winkel des Königreiches.

Sie wanderten auf schmalen Pfaden über sanfte Hügel, durch Täler und an Bächen entlang, die sich durch duftende Sommerwiesen schlängelten. Wenn sie hungrig und durstig waren, ließen sie sich im Schatten alter Erlen am Bach nieder, um sich zu stärken. Während Alisa ihre müden Füße im Wasser kühlte, zog Felizitas es vor, ihr Fell zu lecken.

So wanderten sie viele Tage und Wochen. Tagsüber trafen sie manchmal Leute, die sie nach dem Weg zum Zauberwald fragten, aber niemand wusste etwas. Abends legten sie sich unter Bäumen schlafen oder fragten bei Bauern, ob sie in der Scheune übernachten dürften.

So wanderten sie über viele Tage und Wochen,

bis der Sommer kam. In der Hitze fiel es ihnen immer schwerer, weiterzugehen. Oft wollte Alisa umkehren, aber Felizitas wollte es durchaus nicht zulassen. Sie trieb Alisa immer wieder an, wenn diese am Verzweifeln war, denn nicht immer fanden sie frisches Wasser. Ihre Vorräte erschöpften sich und sie mussten durstig weiterwandern. Oft klebten ihre Zungen am Gaumen, bevor sie wieder an einen Bach oder einen sauberen See kamen, an dem sie trinken und ihre Vorräte wieder auffüllen konnten. Aber schließlich waren die drei heißesten Monate vorüber und eines Morgens ging eine fahle Herbstsonne über ihnen auf. Der Herbst war da und die Bäume leuchteten wie Fackeln. Alisa aß sich an Beeren, Äpfeln und Nüssen satt und stopfte ihr Bündel damit voll. Bald wich jedoch der Herbst dem Winter, der mit Hagel und Schnee ins Land stürmte. Da kamen Alisa und Felizitas an ein hohes Gebirge. Ob sie wollten oder nicht, sie mussten hinüber. Alisa nahm Felizitas auf ihre Arme und zog sich ihre Jacke fester um die Schultern, damit sie sich gegenseitig ein wenig wärmten. Zunächst gab es noch einen Weg, aber der verlor sich nach kurzer Zeit in den verschneiten Hängen. Alisa stapfte weiter durch den knietiefen Schnee. Ein Sturm kam auf, der ihr fast den Atem nahm, aber sie stemmte sich mit aller Kraft dagegen und kämpfte sich vorwärts. Sie fühlte den eisigen Wind wie tausend Nadeln im Gesicht, ihre Füße waren nur noch zwei Eisklumpen und in dem dichten Schneetreiben sah sie nicht mehr, wo sie war. Sie hatte plötzlich schreckliche Angst, hier zu erfrieren, denn ihre Kräfte ließen nach. Sicher war es noch weit bis ins Tal und bisher hatte sie noch nicht einmal den Gipfel erreicht. Alisa wollte sich nur für einen kleinen Augenblick setzen, nur für eine Weile verschnaufen, damit sie wieder ein wenig zu Kräften käme. Sie duckte sich hinter eine Schneewehe, wo der Wind sie nicht erreichen konnte, nestelte sich in ihre Jacke und war auch schon eingeschlafen. Der Schnee begann, sie zuzudecken, aber bevor er Alisa ganz mit einer weißen Decke überzogen hatte, arbeitete sich Felizitas aus Alisas Umarmung hervor und machte sich selbst auf die Suche nach Hilfe. Sie durchstreifte das Schneegestöber, hielt aber ihre Barthaare im Wind und hatte nach ein paar Augenblicken auch schon etwas entdeckt. Richtig. Hier auf diesen Bergen, unweit des Gipfels waren die kleinen Bergmännchen zuhause. Die

konnten sicher helfen. Felizitas fand einen der Eingänge zu ihren Höhlen und zog bescheiden an der Klingel, die neben dem Eingang hing. Bald näherten sich tapsende Schritte der Tür, sie wurde geöffnet und ein kleines verhutzeltes Gesichtchen streckte sich Felizitas entgegen.
„Guten Tag, Felizitas. Wir haben schon auf euch gewartet. Wo ist denn Alisa?“
„Sie hat sich drüben hinter eine Schneewehe gekauert. Ich glaube, sie ist schon eingeschlafen. Könnt ihr mir helfen, sie zu holen?“
„Sicher“, sagte das Männlein und pfiff kurz, worauf viele andere, die ihm an Gestalt und Kleidung sehr ähnlich waren, erschienen und hinausstürmten.
Als Alisa wieder erwachte, glaubte sie zu träumen, denn sie lag vor einem knisternden Feuer, eingehüllt in eine weiche Decke, in ihrem Arm hatte sich Felizitas eingerollt. Alisa erschrak, als sich ein uraltes Gesichtchen über sie neigte und fragte, ob sie gut geschlafen habe. Sie dankte, rieb sich die Augen und glaubte noch immer zu träumen, als sie all die Bergmännlein und Weiblein um sich herumstehen sah, die sie neugierig anschauten und alle gleichzeitig fragten, ob sie hungrig sei, noch eine Decke brauche oder ein

Kissen; was sie auf ihrer Reise alles erlebt habe, ob der Prinz die Mühe wirklich wert sei und ob die Milch unten im Tal noch immer fünf Groschen koste. Da gebot das Bergmännlein, das sich zuerst über sie gebeugt hatte, den anderen zu schweigen und versicherte Alisa, dass sie alle Fragen auch der Reihe nach beantworten könne. Zuerst einmal konnte sie mit Bestimmtheit sagen, dass sie Hunger hatte. Mächtigen Hunger sogar! Also ließ Salia, die Älteste, das Essen auftragen. Es gab köstliche Dinge, die Alisa noch nie gesehen, geschweige denn probiert hatte. Es sah aus wie sonderbare Pasteten und Fladenbrote, schmeckte aber ganz anders. Salia erklärte ihr, dass sie nur den Kern der Samen, die noch nicht getrieben hatten, verarbeite, daher schmecke alles so frisch und neu; und deshalb stärke dieses Essen auch mehr als das gewöhnliche Essen der Menschen. Dazu gab es ein heißes Getränk, das nach sommerwarmer Erde schmeckte. Nach dem Essen sagte die alte Salia: „Kommt, ihr beiden. Ich will euch etwas zeigen!“ Sie führte Alisa und Felizitas durch einen langen schmalen Gang. Es war stockfinster, doch dann, vom Ende des Ganges her schien es plötzlich hell. Zunächst war es nur ein schwacher Schein, der

aber immer stärker und stärker wurde. Als die drei am Ende des Ganges angelangt waren und auch Alisa sich wieder aufrichten konnte, traute sie ihren Augen nicht. Sie standen in einer riesigen Höhle, die hell erleuchtet war vom Strahlen und Funkeln tausender kleiner Steinchen. Die Decke wölbte sich weit schöner als der Sternenhimmel im Sommer über einem smaragdgrünen See, auf dessen Oberfläche sich der Schein der Steine widerspiegelte. Alisa war so geblendet, dass sie ihre Augen zusammenkneifen musste. Das kühle Wasser des Sees nässte ihre Füße und brachte sie wieder zu sich. Die alte Salia war sichtlich zufrieden mit der Wirkung dieses geheimen Ortes und zupfte Alisa vorsichtig am Kleid. „Hier, Alisa. Nimm diesen Ring. Sein Stein ist aus dieser Höhle. Sein Glanz wird dich trösten und dir unendliche Kraft verleihen, denn wenn du ihn anschaust, wird er dich an diesen wunderbaren Ort erinnern. Du wirst den funkelnden See und die Steine sehen und wenn du daran denkst, wirst du genügend Kraft haben, für alles, was du tun willst. – Ich bringe euch jetzt zum Ausgang am Fuße des Berges. Dann wird euch der Ring weiterführen."
„Danke! Ich danke euch allen von ganzem Her-

zen! Ich weiß gar nicht, wie ich das jemals wieder gutmachen kann", flüsterte Alisa.
„Ganz einfach, indem du den Ring gut nutzt", erwiderte Salia und lächelte aufmunternd. Sie mussten lange gehen und stiegen tief hinab, bis sie wieder an eine kleine Tür kamen.
„Auf Wiedersehen, Alisa! Pass gut auf sie auf, Felizitas!"
„Auf Wiedersehen, Salia", sagte Alisa.
„Ich werde mein bestes tun", versicherte Felizitas. Nach einer herzlichen Umarmung traten sie hinaus und standen mitten in einer blühenden Frühlingswiese. Ausgelassen und übermütig genossen sie nun die Blumen und die Wärme. Voller Hoffnung wanderten sie weiter, sicher geführt von Salias Ring.
Nach drei Wochen sahen sie von weitem den Zauberwald. Endlich waren sie am Ziel und stürmten darauf zu. Doch am Waldrand angekommen, wurden ihre Schritte etwas zögernd. Der Wald empfing sie mit kühler Stille. Kaum drang Licht auf den Waldboden, denn die Bäume standen dicht und riesige Dornenhecken machten den Wald nahezu undurchdringlich.
Die Zauberin Malefizia saß in ihrer Küche und schaute in ihre gläserne Kugel, in der sie alles

sehen konnte, was in ihrer Burg und im Wald vor sich ging. Als sie Alisa und Felizitas sah, lachte sie höhnisch, was so furchtbar klang, dass sich die Fledermäuse, die unter der rußgeschwärzten Decke hinten, mit ihren Flügeln die Ohren zuhielten.

Warst du schon mal in einer Zauberküche? Nein? Dann muss ich erst erzählen, wie es in Malefizias Küche aussah. Ihre Zauberküche war ein großer, düsterer Raum, denn es gab keine Fenster und die Wände waren schwarz vom vielen Ruß. Besonders die Decke über der Feuerstelle, wo ein riesiger Kessel an einem Haken über dem Feuer hing. In diesem Kessel kochte Malefizia ihr Mittagessen und auch ihre Zaubersuppen. Und wenn sie nach einer Zaubersuppe den Kessel nicht richtig saubermachte, bekam sie Bauchweh und wurde ganz lila im Gesicht mit grünen Punkten. Manchmal auch quergestreift. Die Zutaten für alles, was sie so zusammenbraute, nahm sie aus den Truhen, die an den Wänden standen, aus den Regalen, die bis unter die Decke reichten oder von den Balken, an denen viele Bündel getrockneter Kräuter hingen. Aus den Truhen holte sie Tannenzapfen, getrocknete Ratten, Äpfel, Schlangeneier, Birnen und Brennholz. Auf den Regalen drängelten sich unendlich viele Krüge, Gläser und Flaschen. Die meisten davon waren schon uralt, verstaubt und verschimmelt. Da bewahrte sie solche Köstlichkeiten auf wie zum Beispiel Honig, zerstoßene Schneckenhäuser, Mehl, eingelegte Eidechsen (eine Delikatesse für besonders hohe Zauberfeiertage), Mäuseschwänze, fertig panierte Ameisenschnitzel, Pflaumenmus und zwischen den Spinnenbeinen und dem Schneckenschleim stand sogar eine Flasche Maggi! Überall lag rostiges Geschirr und Werkzeug herum. In der Mitte standen ein Tisch und ein Stuhl. Malefizia brauchte nur einen Stuhl, denn sie bekam nie Besuch. Oder würdest du eine Zauberin besuchen? Von diesem Stuhl sprang Malefizia nun auf und hüpfte kreischend vor Freude durch halbverfallene Gänge, über glitschige Treppen und quietschende Gitter hinunter ins Verlies zum Prinzen.

„Deine Rettung naht, mein Prinz, aber sie wird dich nicht erreichen. Es ist nämlich nur ein kleines Mädchen mit einer Katze. Auch sie werde ich in meine Gewalt bringen. Vielleicht werde ich sie aufessen, aber keine Angst, du darfst die Knochen abnagen." Und mit schauerlichem Ge-

lächter sprang sie wieder davon. Der Prinz ließ den Kopf hängen. Sah es denn wirklich so hoffnungslos für ihn aus? Seine einzige Hoffnung war dieses Mädchen. Vielleicht würde sie die Hexe irgendwie überlisten?
Unterdessen arbeiteten sich Alisa und Felizitas beharrlich durch das Dickicht und nach drei beschwerlichen Stunden standen sie vor der Burg, die ganz aus Eisen war und über einem bodenlosen Abgrund schwebte. Bei diesem Anblick wollte Alisas Mut sinken, denn nirgendwo sah sie eine Möglichkeit, hinüberzukommen. Sie gingen um die Burg herum, doch überall stellte sich ihnen nur schroffes Eisen entgegen. Nirgends war ein Fenster oder sonst eine Öffnung zu entdecken. Struppige Raben flatterten auf. Alisa erschrak, doch dann sah sie, dass die Vögel durch ihr wildes Geflatter den Nebel auseinander getrieben hatten. Ein Fenstersims kam zum Vorschein.
„Schnell, Alisa, bevor der Nebel wieder davor zieht. Ich setz mich auf deinen Rücken und du springst hinüber!"
Alisa ging ein paar Schritte zurück, holte tief Luft und rannte los.
„Ja, los! Du schaffst es! Denk an Salia und jetzt –

SPRING!“ schrie Felizitas. Alisa sprang, ruderte mit Armen und Beinen in der Luft und tatsächlich erreichten ihre Finger das Fenstersims.
„Geschafft!“ jubelte Felizitas.
„Sei doch nicht so laut! Sonst hört uns noch die Zauberin“, keuchte Alisa. „Spring schon mal rein und hilf mir dann. Ich kann mich nicht mehr lange halten.“ Mit einem eleganten Satz war Felizitas auf dem Fenstersims und hielt Alisa ihre Pfote hin. Stück für Stück arbeitete sie sich vorwärts und war gerettet – vorerst.
Die Zauberin hatte natürlich längst entsprechende Vorkehrungen getroffen. Kichernd rieb sie sich die Hände.
„Kommt nur, ihr beiden Hübschen. Das Mädchen wird ein Festessen für mich werden und aus der Katze mache ich mir einen schönen, warmen Muff.“
Alisa und Felizitas tasteten sich vorsichtig an bemoosten Wänden entlang. Es war stockfinster, Spinnweben legten sich über Alisas Gesicht und Hilfe! – sie erschraken fast zu Tode, als Felizitas an irgendetwas stieß, das polternd eine Treppe hinunterfiel.
„Zumindest wissen wir jetzt, dass dort eine Treppe ist“, flüsterte Alisa und hielt sich ihr

klopfendes Herz.
„Pass auf!“ schrie Felizitas, aber es war schon zu spät. Mit einem gellenden Schrei hatte sich die Hexe von hinten auf Alisa gestürzt und sie in einem Netz gefangen. Alisa schrie, zappelte und wehrte sich, aber sie verstrickte sich nur noch mehr in das Netz. Felizitas wollte mit ihren scharfen Krallen das Netz zerreißen, aber auch sie wurde gefangen. Malefizia ließ die beiden in einen tiefen Schlaf fallen und brachte sie in ein Verlies, tief im Keller der Burg. Als sie Alisa mit schweren Ketten fesselte, fiel ihr der Ring auf und hocherfreut rief sie: „Oh, was haben wir denn da? Der Ring, der unendliche Kraft verleiht! Deshalb hatte sie so große Hoffnung, den Prinzen zu befreien. Nun, auch ich werde ihn gut zu nutzen wissen.“ Sie war überglücklich, so weit eine so böse Zauberin überglücklich sein kann. Triumphierend lief sie in ihre Küche, um gleich mit dem Ring zu experimentieren.
Als Alisa erwachte, brummte ihr der Schädel.
„Felizitas, bist du noch da? Wach auf!“
„Ja, was ist denn, wo sind wir?“
„Im Verlies der Hexe!“ rief Alisa entsetzt.
„Kein Problem. Du wirst uns jetzt erst mal befreien und dann gehen wir den Prinzen suchen.“

„Der Ring ist weg! Was sollen wir denn jetzt tun? Wir sind verloren!“ schrie Alisa außer sich vor Angst und Schrecken. Felizitas erschrak auch, aber sie fasste sich gleich wieder und begann fieberhaft nachzudenken.
„Wir müssen ruhig bleiben und überlegen, was zu tun ist. Erinnere dich an Salias Worte, als wir in der Höhle standen. Der Ring sollte dich nur an die Höhle erinnern. Sicher kannst du dich auch ohne den Ring an den Anblick des Sees und der funkelnden Steine erinnern. Erinnere dich daran, wie wunderschön die Steine funkelten – schöner als der Sternenhimmel in einer Sommernacht und das Wasser des Sees war so klar und rein, dass man bis auf den Grund sehen konnte.“
Alisa versuchte sich daran zu erinnern. Sie rief sich noch einmal diesen Augenblick ins Gedächtnis, in dem sie mit Felizitas und Salia in der Höhle gestanden hatte, sie roch wieder den Duft des klaren Wassers, der Erde, sie spürte einen sanften Hauch über die Wasseroberfläche wehen, und sie fühlte die Wärme dieses wunderbaren Lichts. Da zerriss sie ihre Ketten. Fast wie von selbst zersprangen sie. Schnell befreite sie auch Felizitas und dann liefen sie hastig los,

um den Prinzen zu suchen. Aber vorsichtig wollten sie diesmal sein. Man konnte nie wissen, wo die Zauberin wieder lauerte. Sie schlichen durch die Gänge, klopften und riefen leise und standen wieder still, um zu lauschen. Und endlich hörten sie eine leise Stimme antworten: „Hallo, ich bin hier. Hört ihr mich?" Alisa und Felizitas gingen der Stimme nach und fanden den Prinzen bald hinter einer schweren Eisentür. Unterdessen war die Hexe mit dem Ring beschäftigt. Sie probierte seine Macht aus, aber es wollte ihr nicht so recht gelingen. Aber es musste doch irgendwie funktionieren, denn wie sonst hätte es dieses kleine, schwache Mädchen schaffen können, in die Burg einzudringen? Da fiel ihr Blick auf die Zauberkugel. Was mussten ihre Augen da sehen? Dieses kleine Mädchen hatte sich aus seinem Verlies befreit und war gerade dabei die Tür aufzubrechen, hinter der der Prinz gefangen lag. Am Ende würde sie ihn gar befreien? Das musste verhindert werden! Sie sprang auf und eilte los.

Alisa stemmte sich gegen die dicke Eisentür, hinter der sie die Stimme des Prinzen hörte.

„Los, schnell", drängelte Felizitas.

„Du machst mich ganz nervös. Ich tu ja schon

mein Bestes“, seufzte Alisa. Sie warf sich noch einmal mit aller Kraft gegen die Tür – und sie sprang mit einem Knall auf. Die Hexe hatte den Prinzen wirklich in Ketten gelegt. Er sah ganz bleich und dünn aus, doch seine Augen leuchteten bei Alisas Anblick. Sie eilte auf ihn zu und sie fielen einander in die Arme vor Freude und Erleichterung.

„Du lebst noch! Ich hatte solche Angst, zu spät zu kommen!“ sagte Alisa.

„Ich danke dir. Du warst meine einzige Hoffnung“, flüsterte der Prinz und wurde rot.

„Los beeilt euch. Dafür habt ihr später noch genug Zeit“, rief Felizitas.

„Irrtum! Es wird kein später geben!“

Es war die Zauberin, die diese Worte gesprochen hatte. Breitbeinig stand sie in der Tür. Sie hatte die Fäuste in die Hüften gestemmt und fixierte Alisa mit einem bösen Blick. Schnell küsste Alisa den Prinzen auf den Mund, dann stellte sie sich vor ihn, um ihn zu schützen, während die Zauberin grausige Zaubersprüche und Flüche ausstieß.

„Rattenschwanz und Schlangenei
kommt ihr Mächtigen herbei,
Rosskastanie, Schneckenhaus,
Alisa ist ´ne kleine Maus!“

Doch gegen Alisa half ihre ganze Zauberkunst nicht mehr. Alisa blieb Alisa und sah der Hexe fest in die Augen. Da wiederholte Felizitas den Zauberspruch und sagte als letzte Zeile: „Malefizia ist ´ne kleine Maus!“ Dabei streckte sie ihre Pfoten gegen die Zauberin aus und starrte sie aus ihren giftgrünen Augen böse an. Sofort verwandelte sich die Zauberin in eine Maus. Alisa und der Prinz staunten nicht schlecht und freuten sich sehr, als Felizitas das Mäuschen mit einem großen Satz fing und zerbiss. Dann verzog sie angewidert das Gesicht.

„Pfui, die schmeckt scheußlich. Die fresse ich lieber nicht. Da bekäme ich sicher Sodbrennen.“

Alisa zerriss nun die Ketten des Prinzen, nahm ihn bei der Hand und führte ihn hinaus in den Burghof ans Tageslicht. Dort ließ sie die Zugbrücke herab, so dass sie wieder festen Boden unter die Füße und Pfoten bekamen. Als sie im Wald standen, versank plötzlich die Burg in dem Abgrund, der sich über ihr schloss. Der Wald lichtete sich, der Zauber war gebrochen.

„Ist jetzt später?“ fragte der Prinz. Alisa nickte. Der Prinz umarmte sie und flüsterte ihr ins Ohr: „Ich will nie mehr ohne dich sein, Alisa!“

Anja Zimmer, geb. 1968, studierte Germanistik und Theologie in Gießen. Ihre Magisterarbeit verfasste sie zu dem Thema „Der Wandel des Frauenbildes im Märchen".
In ihrem 2002 gegründeten Verlag veröffentlichte sie bisher drei historische Romane, einen Reisebericht und „Märchen für mutige Menschen".

WWW.FRAUENZIMMER-VERLAG.DE

Bildnachweis: S. 4, 6, 35, 36: Wege in Schottland
S. 74: Frau Katjes
Alle Fotos: Anja Zimmer